Wolkenrand

D1997730

Nicola Schorm

Wolkenrand

Roman

OMNINO.

Impressum

Bibliografische Informationen der Deutschen Nationalbibliothek
Die Deutsche Nationalbibliothek verzeichnet diese Publikation in der Deutschen Nationalbibliografie; detaillierte bibliografische Daten sind im Internet über
http://dnb.d-nb.de abrufbar.

ISBN: 978-3-95894-195-3 (Print) / 978-3-95894-196-0 (E-Book)

© Copyright: Omnino Verlag, Berlin / 2021

Alle Rechte, auch die des Nachdrucks von Auszügen, der fotomechanischen und digitalen Wiedergabe und der Übersetzung, vorbehalten.
E-Book-Herstellung: Open Publishing GmbH

Quelle Umschlaggabb.: shutterstock.com / Chockdee Permploysiri

"Everything will be all right in the end.
If it's not all right, it is not yet the end."

Patel, Hotel Manager,
The Best Exotic Marigold Hotel.

Sie

Behutsam entfernte sie das grüngemusterte Einwickelpapier von den gelben Rosen, die seine Lieblingsblumen gewesen waren. Die Hitze der letzten Tage hatte ihnen zuhause nichts anhaben können. Dass sie den Strauß schon drei Tage vor dem eigentlichen Datum besorgt hatte, passte irgendwie zu allem, ergab innerhalb ihres neuen Lebensgefüges einen für sie erkennbaren Sinn. Beim Arzt verbrachte sie die letzte Stunde vor ihrem Termin im Wartezimmer, die Hände auf dem Schoß gefaltet, die Augen geschlossen. Sie meditierte. Das ging niemanden was an und brachte ihr den ersehnten Seelenfrieden.

Auch heute morgen hatte ihr Tag mit einer halbstündigen Meditation begonnen. Die Zeit, die ihr früher unter den Fingern zerrann, hatte sich in einer unvorstellbaren Weise ausgedehnt. Sie brauchte feste Punkte, an denen sie sich orientieren konnte. Wie die Arzttermine oder ihre regelmäßigen Treffen mit der einzigen Freundin, die ihrer Trauer standgehalten hatte, der einzigen, die nicht geflohen war. Aber auch im Café musste sie oft über eine halbe Stunde auf Leticia warten, weil sie zu früh da war.

Sie war froh, dass er sie gedrängt hatte, ihren Beruf nicht ganz aufzugeben. Dienstags und donnerstags gab es keinen Leerlauf, fühlte sie sich sinnvoll und wenn auch nicht glücklich, doch zumindest zufrieden.

Nach ihrem Umzug nach Frankreich vor acht Jahren hatte sie zunächst fast eines damit verbracht, ihr neues Zuhause so einzurichten, dass sie sich wieder wohlfühlen konnte. Die schweren Ledermöbel aus Deutschland waren genauso von den Käufern ihres Hauses in Berlin übernommen worden, wie auch sämtliche Lampen, Vasen, Beistelltischchen, Teppiche und Betten.

Er hatte das Bedürfnis, neu anzufangen. Ganz neu.

Nur die fünf Kisten mit den Büchern und das Notwendigste an Geschirr und Besteck wurden einige Tage nach ihrer Ankunft in Sanary im neuen Domizil von der Umzugsfirma abgeliefert, zusammen mit den Koffern, die ihre Kleider und Schuhe enthielten.

Mit dem Verkauf des alten Patrizierhauses war ein Abschnitt ihres gemeinsamen Lebenswegs beendet, der von gesellschaftlichen Verpflichtungen, Einladungen und Soirées geprägt gewesen war. Ihr Mann war Abgeordneter und hatte wichtige Funktionen innerhalb der Partei übernommen. Wenn es sich nicht um politische Freunde oder Widersacher handelte, die am ovalen Esstisch diskutierten, so waren es Journalisten, Unternehmer oder berühmte Künstler.

Sie strich sich die Haare aus dem Gesicht. Hoffentlich entwickelte sich die sanfte Brise nicht zum Mistral, dem berüchtigten Wind an der französischen Mittelmeerküste, der bisweilen sogar Sonnenschirme den Strand entlangtrieb.

Wie sehr sich ihr Leben verändert hatte! Manchmal war sie nicht sicher, ob es nicht besser gewesen wäre, in Deutschland zu bleiben und das Ferienhaus eben dieses sein zu lassen. Aber wie bei allen Entscheidungen wurde sie eigentlich nicht gefragt. Da sie um einiges jünger war und ihren Mann sehr bewundert hatte - was bis zu seinem Tod so geblieben war - waren ihre Rollen irgendwie festgelegt.

Sie schüttelte leicht den Kopf. Leider hatten sie keine Kinder. Oft fragte sie sich, ob sich in diesem Fall ihr Status des „kleinen Mädchens" von alleine erledigt hätte.

Bei der Vernissage eines Malers, zu dessen engsten Freunden sie zählte, war er, ohne lange zu zögern, auf sie zugekommen und ging den ganzen Abend nicht mehr von ihrer Seite. Er war ein sehr charmanter, interessanter Gesprächspartner und obwohl sie im ersten Moment seine Avancen eher belustigt registrierte - immerhin war er zwanzig Jahre älter und ihre Begleiter im Normalfall meistens in ihrem Alter - hatte er es doch geschafft, sie zu verzaubern. Damals war sie dreiundzwanzig, genau halb so alt wie jetzt.

Ihre Augen füllten sich mit Tränen.

Nach drei Jahren das erste Mal, dass sie an seinem Todestag nicht das Weite suchte. Im ersten Jahr nahm sie an einem Intensivkurs in provenzalischer Küche teil, der in Aix-en-Provence stattgefunden hatte. Für wen sie das „Gigot au vin rouge" kochen sollte, war unwichtig. Hauptsache, sie dachte an etwas anderes.

Vor einem Jahr dann der Besuch in der alten Heimat - sie blieb extra einige Tage länger, um über den 2. Oktober nicht in Sanary zu sein - weit weg vom Friedhof, vom Alltag ohne ihn.

Sie konnte nicht nachvollziehen, wie manche Menschen täglich das Grab ihres Liebsten besuchen konnten und dadurch getröstet waren. Bei ihr war es umgekehrt - hier, so nah an dem, was von ihm übriggeblieben war, mit Blick auf das Datum mit dem Kreuz vor seinem Namen auf dem Grabstein, der das Unveränderliche für immer auf ihre Netzhaut brannte, hier war es ihr unmöglich, mit ihm zu reden, was sie normalerweise in Gedanken ständig tat.

Trotz der ungewöhnlichen Hitze erschauderte sie. Die kurzen blonden Härchen auf den Armen stellten sich auf; Gänsehaut, die in unbeschreiblicher Leere ihren Ursprung hatte. Sie schloss die Augen. War nur noch Hülle, von Haut umgebene Luft.

Er

Neugierig beobachtete er die schwarz gekleidete Frau, die eben einen Strauß gelber Rosen andächtig in der hässlichen grünen Plastikvase verteilte, bis die ästhetische Wirkung mit der ihrer Vorstellung übereinstimmte.

Aus dieser Entfernung konnte er nur schwer ihr Alter erkennen - ihre anmutigen Bewegungen ließen allerdings vermuten, dass sie noch nicht richtig alt war. Nicht gebrechlich, nicht von Schmerzen heimgesucht. Zumindest nicht von körperlichen.

Nachdenklich zupfte er sich etwas am linken Ohr; eine Angewohnheit, die ihm das Denken erleichterte. Irgendeine seiner Freundinnen (es gab nicht wenige davon, deshalb wusste er nicht mehr genau, ob es Lucia, Denise oder Manu, Tamara, Jessie oder Claudia gewesen war) hatte ihm von Reflexologie vorgeschwärmt, obwohl auch sie nur davon gehört hatte - also war es vermutlich Manu, Manuela, die so viel aufschnappte und weiterplapperte, dass er noch jetzt, wenn er sich daran erinnerte, angewidert die Nase verzog.

Damals hatte er dann etwas nachgeforscht; er war tatsächlich überzeugt, der gewisse Punkt am Ohrläppchen hätte eine direkte Verbindung zu den

Nervenzellen in seinem Gehirn. Aber nein, dem war nicht so.

Es war eine Angewohnheit und sie gehörte ebenso zu ihm wie alles andere:

Wie seine unterschwellige Melancholie, seine Abneigung gegen Geschwafel, Smalltalk, alles oberflächlich Seichte, alles vermeintlich Moderne, was die Menschen vom Denken abhielt.

Wahrscheinlich war die Traurigkeit seiner dunklen Augen das, was die Mädchen so unwiderstehlich anzog. Jede dachte, ihn retten zu müssen und biss sich an seiner hartnäckigen Verschlossenheit die Zähne aus.

Es stimmt, zur dunklen Tiefe seiner Seele gesellte sich ein nicht zu unterschätzendes Äußeres. Er hatte von seiner ecuadorianischen Mutter die dunkle Haut geerbt und vom Vater vermutlich die Statur, die ebenmäßigen Gesichtszüge, die lange Nase. Die seiner Mutter war entsprechend ihrer indianischen Abstammung etwas breiter und irgendwie knolliger - seine hingegen aristokratisch gerade mit einem schmalen Nasenrücken. Nur die vollen Lippen verdankte er mit Sicherheit den mütterlichen Genen.

In Wirklichkeit war er sich seines guten Aussehens erst bewusst, seit er nach seinem Wirtschaftsstudium in Ecuador zwei Jahre in Deutschland gelebt hatte und während seines Masters in internationalem Business in Hohenheim beim Erkunden von Stuttgart auf der Königsstraße von Typen angesprochen wurde, die auf der Jagd nach männlichen Models waren.

Genauso gut konnte es sein, dass sie schwul waren und nur auf der Suche nach neuem Fleisch. Er nicht. Absolut nicht.

Er lächelte leise in sich hinein. Einer seiner Mitschüler in der deutschen Schule in Quito hatte es nach dem Schwimmunterricht in der Dusche bei ihm ausprobiert. Fehlanzeige! Er hatte ihm ein blaues Auge verpasst.

Unvermittelt ließ er sein Ohrläppchen los. Die Rosenfrau, die während seiner gedanklichen Ausflüge mit gesenktem Kopf vor dem Grab gestanden hatte, machte sich daran, den Friedhof zu verlassen.

Ob sie gebetet hatte? Oder mit dem, der da begraben war, eine geheime Zwiesprache gehalten hatte, die doch nur Monolog sein konnte?

Er beschloss, ihr zu folgen. Das andere hatte Zeit.

Er würde morgen wiederkommen.

Sie

Die weißen Steinchen auf dem Weg zum Parkplatz knirschten unter ihren Füßen. Nie wieder würde sie etwas anderes als Trauer mit dem kratzend knarrenden Geräusch assoziieren.

An das erste Mal als sie hinter dem Sarg über dieselben Steinchen gegangen sein musste, erinnerte sie sich nicht. Aus dem Gedächtnis gestrichen.

Das Einzige, was sie sah, wenn sie an diesen 2. Oktober dachte, war die Schleife auf dem Kranz mit den gelben Rosen. In ewiger Liebe, Deine Anna.

Was bedeutete „ewig"? Er fehlte ihr.

Die Betäubung und Starre der ersten Monate hatte sie davor bewahrt, die gesamte Tragweite seiner endgültigen Abwesenheit zu ermessen.

Inzwischen wusste sie um die schneidende Kälte des Gegenteils von ewig. Von unendlich. Es war: Niemals.

Nie wieder. Nie wieder sein Lächeln. Nie wieder seine Stimme, sein Geruch.

Nie wieder das zitternde Erschauern, wenn er sie berührte.

Beim Aufwachen tat es immer noch weh, auch heute, nach drei Jahren. Jeden Morgen dasselbe Entsetzen - er war nicht mehr bei ihr.

Sie zwang sich, mit ihren Gedanken ins Hier und

Jetzt zurückzukehren. Hier. Jetzt. Die Autoschlüssel aus der Tiefe der schwarzen Umhängetasche zu fischen. Ihre Mundwinkel bewegten sich für einen kurzen Moment nach oben, als ihre Finger vergeblich nach dem gesuchten Objekt fahndeten. Damenhandtaschen!

Wie oft hatte er sich einen Spaß daraus gemacht, sie „Mary Poppins“ zu nennen, wenn sie den gesamten Inhalt ihrer Tasche ausleeren musste, um etwas Bestimmtes wiederzufinden.

Auch heute glitten ihre Finger an Handcreme, Pflasterschachtel und Nagelschere vorbei, ertasteten Kugelschreiber, Ringbuch, Brillenscheide, Geldbeutel, Tempos und Handy, Kopfschmerztabletten, Olbastropfen für die verstopfte Nase, das Fläschchen mit homöopathischen Kügelchen (Ignatia) und das etwas größere mit Bachblütentropfen. Und den Müsliriegel, den sie vor einer Woche eingesteckt hatte, um ihn nach der Blutabnahme zu frühstücken. Kein Schlüssel. Sie schüttelte den Kopf über sich selbst. Immer diese Abwesenheit. Eben nicht „Hier“. Und noch weniger „Jetzt“.

Auf einmal fiel es ihr wieder ein. Stimmt. Sie hatte die Autoschlüssel in ihre Hosentasche gesteckt, um eben voriges zu vermeiden.

Jetzt lachte sie doch richtig. Stellte sich vor, er wäre als unsichtbare Gestalt an ihrer Seite und würde nicht aufhören können, zu grinsen.

Sie sah auf ihre flache, weiße Armbanduhr. Der nächste Patient kam erst in einer dreiviertel Stunde, sie hatte genügend Zeit, um in Ruhe nach Hause zu fahren, sich umzuziehen und sich mental auf die Behandlung vorzubereiten.

Nachdem sie auf den Entriegelungsknopf gedrückt hatte, setzte sie sich in ihren dunkelblauen Golf, steckte den Schlüssel ins Schloss und drehte ihn nach rechts.

Dann fuhr sie rückwärts aus der Parklücke heraus und langsam an dem fremden Mann vorbei, ohne ihn zu beachten.

Er

Im Gegensatz zu ihr fand er seinen Autoschlüssel sofort. Er zog am Schlüsselanhänger aus Plastik mit dem Schriftzug „Avis" und fischte den Schlüssel aus seiner rechten Hosentasche. Im Stillen verfluchte er sich, einen roten Alfa Romeo angemietet zu haben. Viel zu auffällig. Das kam davon, manchmal unüberlegt zu handeln. Aber er hatte auch nie vorgehabt, ein Auto zu verfolgen und dabei inkognito bleiben zu wollen.

Er wusste nicht genau, warum er sie nicht auf dem Friedhof angesprochen hatte.

„Guten Tag. Entschuldigen Sie, dass ich Sie bei ihrer Andacht störe. Zufällig war ich auf der Suche nach genau diesem Grab."

Nein. Es wäre zu einfach gewesen. Und gleichzeitig zu kompliziert. Er hatte keine Lust, Erklärungen abzugeben, und aus einer Laune heraus beschlossen, die Sache anders anzugehen.

Da war sie wieder - diese Spontaneität, die ihn schon in manch missliche Lage gebracht hatte. Die Mutter, die von Zeit zu Zeit ihren Hausastrologen aufgesucht hatte, schüttelte lächelnd den Kopf über ihren impulsiven Sohn und wusste, wie sehr er durch sein Widdersternzeichen geprägt war. Unfreiwillig saugte er gleichzeitig mit einigen Gebräuchen der indianischen Vorfahren, über die er sich hüten würde, in Deutschland auch nur ein Wort zu verlieren, alle möglichen Details über seine „Carta Natal" ein: Aszendent Krebs - daher die Melancholie, der sanfte, weiche Kern, der so wenig zur Energie und gebündelten Kraft des Feuerzeichens passte. Nur über seinen Vater erzählte sie ihm nichts - als ob seine Traurigkeit nicht hauptsächlich darin ihren Ursprung hätte.

Nichts, als er im Kindergarten auf der deutschen Schule in Quito, in der „Villa Kunterbunt", ein Foto von ihm mitbringen sollte, wie alle anderen Kinder.

Ebenso wenig, als er sie in der Pubertät mit ständig wechselnden Fragen über seinen Vater zur Verzweiflung brachte. Er wurde bockig. Mit sechzehn hatte er es durchgezogen, über einen Monat lang kaum ein Wort an die Mutter zu richten. Aber diese war stärker. Härter. Kein Wunder. Sie hatte die Firma des Großvaters übernommen, ihre Geschwister ausbezahlt und danach die Produktion verdoppelt. Gerissene Geschäftsfrau durch und durch, wusste sie genau, wer als Erster aufgeben würde.

Er zuckte mit den Schultern. Vielleicht hatte sein Vater sie verlassen, weil es unmöglich war, mit ihr zu leben. Aber was war mit ihm, seinem Kind?

Warum war er auch aus seinem Leben verschwunden, als ob es ihn nie gegeben hätte?

Ob diese Frau im dunkelblauen Golf vor ihm die Antwort wusste?

Sie

Es war viertel vor drei, als sie den Wagen auf dem Abstellplatz vor dem Haus abstellte. Die hohen Pinien warfen auch im Sommer genügend Schatten, so dass sie Bernhards Projekt fallengelassen hatte, der die fertigen Baupläne für eine Garage auf dem Schreibtisch hinterlassen hatte. Zusammen mit unendlich viel Papierkram.

Sie brauchte keinen Platz für eine Werkzeugbank, und dass ihr Fahrrad gelegentlich nass wurde, war ihr auch egal. Wenn es verrostet wäre, würde sie es verschenken und dann weitersehen.

Seines hatte sie schon weggegeben. Wozu sollte sie es aufbewahren? Auch die Hosen, Hemden, Schuhe hatte sie nach einem Monat, als sie es endlich fertigbrachte, seinen Schrank aufzumachen, in kürzester Zeit entsorgt. Gespendet. Auch wenn ihre Mutter nur entsetzt den Kopf schüttelte, als sie ihr beim Skypen stolz davon berichtete. Warum sollte sie in einem Museum leben? Wo sie bei jedem Handgriff, in jedem Augenblick, bei jedem Atemzug an sein Fehlen erinnert würde? Als ob es nicht reichen würde, beim Aufwachen im viel zu großen Bett sein morgendliches Lächeln zu vermissen. Jeden Morgen war es das erste gewesen, was sie sah. Achtzehn herrliche Jahre lang. Im Gegensatz zu ihm war sie morgens oft schlecht gelaunt - aber im Lauf der Zeit hatte er es geschafft, ihre Brummtöne in leise Seufzer umzuwandeln. Es war unmöglich, sich von seinen warmen Augen mit den wundervollen Lachfältchen nicht anstecken zu lassen.

Sie zwang ihre Gedanken wieder in die Gegenwart.

Schloss die Haustüre auf, schaltete die Alarmanlage aus - im Gegensatz zu Berlin war diese hier unerlässlich, da es in der Provence mehr Gelegenheitsdiebstähle gab als in jeder anderen Region Frankreichs - schlüpfte aus den flachen, dunklen Schuhen, die sie am Eingang zum Schlafzimmer stehenließ.

In weiser Voraussicht hatten sie vor vielen Jahren dieses wunderschöne, einstöckige Feriendomizil erstanden, nur wenige Meter vom Meer entfernt. Immerhin hatte sich ihr Mann seinen Traum, hier zu leben, erfüllt. Nur fünf Jahre waren ihnen vergönnt - viel zu früh und ohne Vorankündigung hatte er sie verlassen. Als er mit nur achtundfünfzig Jahren alle Ämter ablegte und sich in den Vorruhestand versetzen ließ, versuchten nicht nur seine politischen Freunde ihn davon abzubringen, sondern auch die wenigen, die er aus der Schul- und Universitätszeit seine „wahren" Freunde nannte. Die sich immer beklagt hatten, er würde zu viel arbeiten, zu wenig genießen.

Die Einzige, die voll und ganz hinter ihm gestanden hatte, war, wie immer, sie selbst gewesen. Ein sanftes Lächeln umspielte ihre Mundwinkel. Ebenso selbstverständlich wie sie ihn begleitet hatte, als seine Karriere ihn auf die exponierten Schlüsselpositionen in der Partei katapultierte, war sie an seiner Seite, als er beschloss, dem politischen Geschehen den Rücken zuzukehren, und es den deutschen Schriftstellern nachmachte, die während der Nazizeit nach Südfrankreich ins Exil aufbrachen.

Nach der Wahl vor acht Jahren hatte sich das Blatt gewendet - die Oppositionspartei stellte den neuen Bundeskanzler und er, der heimlich mit der möglichen Berufung zum Minister geliebäugelt hatte, musste seine Ambitionen begraben.

Grässliches Wort. Ob alles anders gekommen wäre, wenn die richtige Partei, also seine, gewonnen hätte? Er war müde gewesen. Hatte keine Lust mehr auf die Lobbyarbeit und auf das zermürbende Fadenziehen und Manipulieren im Hintergrund. Es hörte sich richtig an, was er als Grund für seinen Rückzug angab: Auf dem Höhepunkt wollte er gehen. Nicht wie so viele andere, die am Sessel kleben oder, süchtig nach Erfolg, nicht einsehen wollen oder können, dass ihre berühmte Minute vorbei war. Natürlich hatte er es durchgezogen. Sie konnte sich an keine Situation erinnern, in der er von etwas bereits Beschlossenem zurückgetreten war. So liebevoll und lustig er sein konnte, Flexibilität war nicht seine Stärke. Disziplin, ja. Und eine gewisse Härte, vor allem sich selbst gegenüber. Härte ... Verhärtungen. Wie die der Arterien, die ohne Rücksicht auf ihre Pläne den massiven Herzinfarkt verursacht und ihr den Geliebten entrissen hatten.

Sie strich sich über die Augen und schüttelte den Kopf. Einstöckiges Haus, für den Fall der Fälle vorgesorgt - sie hatten gedacht, irgendwann mit achtzig oder hundert würde er vielleicht im Rollstuhl sitzen, wie sein Vater damals. Aber die Zukunft wollte sich nicht bändigen lassen. Alles Planen war umsonst.

Hier. Jetzt. Sie zog die schwarze Hose und das T-Shirt aus, legte beides ordentlich über den Stuhl neben dem Schrank und erfrischte ihr Gesicht im Badezimmer.

Das Duschen musste warten. Dann schlüpfte sie in ihre weiße lockere Arbeitskleidung und in die hellblauen Espadrilles, die sie am vergangenen Mittwoch auf dem Markt gekauft hatte. Jetzt noch etwas Parfüm hinter die Ohrläppchen und auf ihre Handgelenke, und der erste Patient könnte klingeln.

Er

Auch wenn sich zeitweilig ein weißer Citroën zwischen sie gedrängt hatte, war es ihm ohne Schwierigkeiten gelungen, ihr zu folgen. Nun brauchte er auf dem Stadtplan nicht mehr nach der Adresse zu suchen. Die Frau seines Vaters hatte ihn bis zu ihrem Haus geleitet.

Vorsichtshalber hielt er mit ziemlichem Abstand vor der Einfahrt am Straßenrand und schaltete den Motor aus. Als sie die Haustür hinter sich zugezogen hatte, stieg er aus und legte die letzten Meter zu Fuß zurück. Zunächst ging er beiläufig an der Einfahrt vorbei, drehte um, als er sich sicher war, keine Aufmerksamkeit zu erregen, und blieb dann unschlüssig vor dem großen Tor stehen.

An der Klingel stand der Name, der gleiche wie auf dem Grabstein. Derselbe wie auf dem Brief, den er vor sieben Monaten in der Nachttischschublade seiner Mutter gefunden hatte. Als sie endlich ihr Geheimnis nicht länger für sich behalten konnte. Trotz seiner Trauer war er froh, dass sie keine Zeit gehabt hatte, alle Erinnerungen unwiederbringlich zu löschen. Der Zusammenstoß mit dem Lastwagen war frontal und endgültig gewesen. Auch der beste Mercedes mit den modernsten Sicherheitsvorkehrungen, der ausgeklügeltste Airbag, nicht einmal ihre indianischen Götter hatten sie vor dem brutalen Ende bewahren können.

Seine Mutter lebte nicht mehr.

Und Bernhard Winter, der, nach welchem er sich sehnte, seit er denken konnte, von wem er sich Erklärungen und Erkennen, Nähe und Wärme erhoffte, auch nicht mehr.

Zu spät.

Warum er dennoch beschloss, die von vornherein sinnlose Reise anzutreten, als ihm nach langen Nachforschungen endlich gelungen war, seinen Aufenthaltsort zu bestimmen, und es sich bei diesem um ein Grab in Südfrankreich handelte, war ihm selbst ein Rätsel.

Berührungspunkte. Verstehen. Die fehlende Umarmung durch Wissen ersetzen, Wissen, das ihm den Vater vom verschwommenen Zerrbild zum Menschen aus Fleisch und Blut mutieren ließ, selbst wenn dieser nicht mehr unter den Lebenden weilte.

Er könnte klingeln und sie um ein Gespräch bitten. Erklären. Nachfragen. Alle kleinen und großen Eigenheiten erforschen, alle Zweifel und Gewissheiten, die auf nichts anderem als seiner Intuition fußten, mit ihr besprechen.

Allerdings wusste er nicht, inwieweit dies ihre Trauer noch verschlimmern würde. Es war durchaus möglich, dass sie, anstatt sich zu freuen, ihm die Nase vor der Tür zuschlagen würde, und ihm dann nur noch das Wenige bliebe, das er von den ehemaligen Freunden seines Vaters erfahren würde. Wenn er diese ausfindig machen könnte.

Und im schlimmsten Fall hätte sie Sorge um ihr Erbe. Woher sollte sie auch wissen, dass er der rechtmäßige und einzige Besitzer der größten Kosmetikfabrik Ecuadors war, die mit ausschließlich organischen Biowerkstoffen und ohne Tierversuche die überlieferten indianischen Rezepturen an die Bedürfnisse der heutigen Zeit angepasst hatte?

Seine Mutter war das Bindeglied, war ihren Wurzeln verbunden und dennoch gleichzeitig erfolgreiche Geschäftsfrau westlicher Prägung.

Wie sie es miteinander in Einklang brachte, am ersten August der Pachamama, der Mutter Erde Opfer zu bringen und kurz darauf Erntedankfest in der katholischen Kirche in Quito zu feiern - einerseits den Hausaltar für die alten Götter pflegte und andererseits jeden Sonntag in der Kirche San Franzisco an der katholischen Messe teilnahm, fragte er sich nicht selten.

Er war nicht gläubig. Logischerweise waren Inti, Jesus, Allah und wie sie alle hießen, Ausgeburten des menschlichen Geistes. Im Übrigen diente die Religion nur dem Machtbestreben der jeweils herrschenden Kaste.

Wie wohl sein Vater darüber gedacht hatte? An was er geglaubt hatte? Ob er wusste, dass er, Thiago

Bernardo Vásquez, das uneheliche Kind von María Concepción Vásquez und damit sein Sohn war?

Er stand immer noch vor dem Tor, unschlüssig und jung. Fühlte, wie sich seine Augen mit Tränen füllten und griff nach dem Stofftaschentuch in der rechten Hosentasche. Putzte sich die Nase. Er hatte die zweite Klingel übersehen, war zu gebannt vom noch nicht entfernten Namensschildchen des Vaters.

Anna Martínez Winter. Réflexologie plantaire et thérapies alternatives, Téléphone: 494-0031.

Warum nicht? Er nickte und beantwortete seine unausgesprochene Frage. Und tippte die Telefonnummer in sein Handy.

Sie

Um viertel nach sieben war der letzte Patient gegangen und sie hatte Feierabend. Im Laufe der Jahre hatte sie gelernt, im selben Moment, in dem sie ihre Arbeitskleidung ablegte und wieder zur Privatperson wurde, auch die Probleme und Ängste ihrer Patienten loszulassen. So vergaß sie für heute den anstrengenden Rentner, der wie immer an Gott und der Welt rumnörgelte und seine eigenen Abgründe gekonnt auf alles projizierte, was ihm über den Weg lief. Wie oft hatte sie Lust, ihn vorsichtig darauf hinzuweisen, dass seine Schimpftiraden nur ihm selbst schadeten. Dass, wie er über diese oder jene Person hetzte, mehr über ihn aussagte, als über denjenigen, der Zielscheibe seiner bissigen Kritik sein sollte. Aber sie wusste, dass es nichts bringen würde, ihn ändern zu wollen. So verwandelte sie ihr inneres Kopfschütteln in Mitgefühl und dieses gelangte über ihre Fingerspitzen bis zu den Knoten, die sie in seinen Fußsohlen ertastete. Tatsächlich waren diese, nachdem er seit einem halben Jahr regelmäßig alle zwei Wochen zur Behandlung erschienen war, weniger schmerzempfindlich und spürbar weicher geworden. Wenn sie ihn nur davon überzeugen könnte, mit der Einnahme der Bachblütentropfen ebenso sorgfältig umzugehen. Aber sie wusste genau, dass er sie nach zwei oder drei Tagen auf dem Nachttisch vergessen würde. Er war davon überzeugt, dass sie keinerlei Wirkung hatten - und logischerweise konnten sie nur etwas verändern, wenn er sie nehmen würde. Sie konnte nicht mehr für ihn tun, als das, was er zulassen würde.

Auch das war ein Lernprozess in Bezug auf alle Patienten gewesen, der nicht ohne Anstrengung erfolgt war.

Schlimmer waren die Diagnosen, die ihre Fingerkuppen entdeckten. Sie arbeitete eng mit mehreren Fachärzten zusammen und hatte nach den acht Jahren in Sanary mit ihren Befunden deren Aufmerksamkeit und Wertschätzung gewonnen.

Heute musste sie eine neue Patientin, die bei der Berührung der Reflexzonenpunkte der Wirbelsäule extrem schmerzempfindlich reagierte, zum Traumatologen überweisen - sie war sich sicher, dass ein Bandscheibenvorfall vorlag, auch wenn dieser noch nicht zu den schlimmen Symptomen geführt hatte, die dafür typisch waren.

Und vor einigen Wochen hatte sie bei einem anderen Patienten festgestellt, dass eine der Nieren nicht richtig arbeitete. Er war inzwischen beim Nephrologen, der eine Transplantation ins Auge fasste.

Schluss damit. Sie zog ihre weiße Hose und das leichte T-Shirt aus und warf beides in den Wäschekorb. Endlich eine Dusche! Unter dem lauwarmen

Wasserstrahl fühlte sie, wie dieser auch die fremden Sorgen abwusch. Für einen kurzen Moment war sie glücklich. Im Einklang mit der Welt.

Das Telefon klingelte und sie ließ es klingeln. Falls jemand wirklich mit ihr reden wollte, konnte er eine Nachricht auf dem Anrufbeantworter hinterlassen.

Als sie im Spiegel ihr entspanntes Gesicht erkannte, lächelte sie ihrem Double zu und die tiefen Falten, die ihre Mundwinkel nach unten verlängerten, glätteten sich. Das Weiterleben machte nur Sinn, wenn es ihr gelang, ihre Lebensfreude wiederzufinden. Wie beim Wandern in der herrlichen südfranzösischen Landschaft. Auch wenn das ohne ihn nur die Hälfte an Glücksgefühl brachte. Beim Duschen. Im Meer. Ja, und auch während der Arbeit. Während sie für die Anderen da war und sich ganz und gar auf sie konzentrierte, vergaß sie sich selbst. Das war zwar kein Jubilieren, aber die Zufriedenheit, die sie an den Tagen erfüllte, an welchen sie müde in ihren Sessel sank, neben sich ein Glas Rosé und ein unkompliziertes, leicht zu lesendes Buch, war kein schlechter Begleiter.

Wenn Bernhard noch leben würde, hätte er, während sie sich duschte, schon mal eine Flasche Wein geöffnet, ein paar Baguettescheiben aufgeschnitten und zusammen mit Oliven, etwas Käse und einigen Salamistückchen auf dem Terrassentisch bereitgestellt. Hätte eine ihrer Lieblings-CDs aufgelegt und würde sie, bevor sie sich anziehen konnte, umarmt und ihr gesagt haben, wie schön sie sei.

Im Gegensatz zu den Männern ihrer Freundinnen, die sehr sparsam mit jeglicher Art von Gefühlsbezeugungen waren, war er mit den gemeinsamen Jahren zärtlicher und liebevoller geworden. Es gab keinen Tag, an dem er ihr nicht sagte, wie sehr er sie liebte.

In der ersten Zeit machte ihr der Altersunterschied sehr viel aus. Gott sei Dank hatte sie ihre Vorurteile irgendwann überwunden, zweifelte nicht mehr an seiner bedingungslosen Liebe und ließ sich dann mit Haut und Haar auf die in ihren Augen verrückte Liebesgeschichte ein.

Mit 43 Witwe zu werden war schlimm. Aber die glücklichen Jahre davor konnte ihr niemand nehmen.

Sie grinste. Jetzt dachte sie doch wieder an eine Patientin. Madame Meunier, die kurz vor ihrem vierundfünfzigsten Geburtstag stand. Die ihr letzte Woche erklärt hatte, sie hätte sich Hals über Kopf in ihren Zahnarzt verliebt, der ihr seit einiger Zeit wunderschöne Mails schicken würde und seit zwei Jahren getrennt von seiner Frau lebte.

Virginie Meunier strahlte und sah aus wie nach einer Verjüngungskur. Alle Knoten hatten sich in Luft aufgelöst und die Beschwerden an den Halswirbeln und Schultern waren verschwunden. Die Liebe, ach ja!

Anna seufzte. Ob sie jemals wieder lieben würde?

Sie zog sich ein kurzes buntes Baumwollkleid über, verzichtete auf BH und Höschen, machte sich einen Bandoler Rosé auf und ging mit Flasche und Glas auf die Terrasse. Die Grillen zirpten, bei dieser ungewöhnlichen Hitze trotz der Jahreszeit und obwohl es schon Oktober war, und übertönten das Piepen des Anrufbeantworters, der warten konnte, bis sie Lust hatte, ihn abzuhören.

Er

So mühsam hatte er sich seinen Tonfall und die richtigen Sätze zurechtgelegt! Er war nicht darauf vorbereitet, mit einer Maschine sprechen zu müssen.

Sein erster Impuls war, direkt aufzulegen, aber nach einem kurzen Räuspern hinterließ er ihr doch eine Nachricht.

Auf Deutsch. Sein Französisch war wirklich nicht dazu geeignet, Vertrauen zu erwecken. Sicher konnte sie auch so seinen spanischen Akzent wahrnehmen. Aber wenn er Glück hatte, bedeutete ja das Martínez vor dem Winter eine, wenn auch dürftige, Beziehung zum Iberischen, vielleicht sogar südamerikanischen Hintergrund der Witwe seines Vaters.

Möglichst distanziert, doch freundlich; dringend, ohne zu drängeln. Mit einer Stimme, die keinen Raum für Misstrauen oder Argwohn erlaubte.

„Guten Abend, Frau Winter. Ich bin nur für wenige Tage in der Gegend, habe aber von verschiedenen Leuten (oder war das zu hoch gepokert?) von den Vorzügen ihrer Behandlung erfahren. Ich habe seit ein paar Tagen ziemliche Kopfschmerzen, eventuell hat es auch mit dem schwülen Wetter zu tun, und ich würde mich sehr freuen, wenn Sie möglichst bald einen Termin für mich hätten, damit sie mir weiterhelfen. Vielen Dank. Ah, mein Name ist Thiago Vásquez und meine Handynummer ist 0033- 675 0305“.

Ehrlich gesagt, war seine Stimme nicht so sicher und lang nicht so locker gewesen, wie er es sich gewünscht hätte. Und er wusste auch nicht, wie er sich verhalten würde, falls sie in dieser Woche keinen Termin mehr frei hätte. Sein Rückflug war in genau zehn Tagen, ab Paris, Charles de Gaulle.

Vielleicht wäre es doch besser gewesen, sie direkt auf dem Friedhof anzusprechen. Er verlor eventuell kostbare Zeit.

Ärgerlich schüttelte er den Kopf. Er hätte mehr über sein Kopfweh klagen sollen, den Notfallcharakter seines Anrufes unterstreichen. Sicher hätte sie dann sofort zurückgerufen. Stattdessen musste er sich nun gedulden, ohne irgendetwas aktiv verändern zu können. Passivität war etwas, was er nur schwer ertragen konnte, und Geduld gehörte definitiv nicht zu den Eigenschaften, die ihn ausmachten.

Das Hotel Soleil et Jardin, das ehemalige Hotel du Parc, das ihm sein Freund Juan empfohlen hatte, lag nur wenige Schritte vom malerischen Stadtkern Sanarys entfernt. Er beschloss, ein wenig bummeln zu gehen und ein nettes Restaurant zu suchen, in dem er seinen aufkommenden Hunger besänftigen konnte. Und sich abzulenken.

Das Treiben an der Uferpromenade entsprach dem herrlichen Wetter, das viel zu warm und schwül für die Jahreszeit war. Es gab kaum einen freien Tisch in den Bars und Cafés, und die Verkaufsstände mit Kunsthandwerk hatten regen Zulauf. Schmuck und Tand, romantische Ölbilder vom Hafen, Türkischer Honig und Süßigkeiten jeglicher Couleur und Konsistenz warben um die Aufmerksamkeit und Geldbeutel der Flanierenden.

Er überflog mit uninteressiertem Blick das Angebot und überlegte kurz, ob er irgendjemandem in Quito etwas mitbringen sollte. Die Einzige, die er gerne mit Geschenken bedachte, war die Hausangestellte, die seit seiner Kindheit für Essen, Wäsche und Sauberkeit sorgte. María Elena war der gute Geist, der sich in manchen Momenten mehr um ihn gekümmert hatte als die Mutter.

Langsam ging er an den ersten Ständen vorbei. Im Grunde gab es nichts anderes als überall sonst auf der Welt. Entschieden ließ er die Verkaufsmeile hinter sich und bog in ein kleines Sträßchen ein, in welchem nach fünfzig Metern ein paar Tische auf dem Trottoir standen und verführerische Aromen seine Gedanken von María Elena auf seinen leeren Magen lenkten. Pizzeria Chez Mico. Als Jugendlicher hatte er sich geniert, alleine an einem Tisch zu essen. Aber diese Zeiten waren vorbei. Zum einen genoss er es, dem Geschwafel eines meist langweiligen Gegenübers zu entgehen, zum anderen hatte er immer ein gutes Buch dabei.

Während er auf seine Pizza Margherita wartete und den ersten Schluck Rotwein langsam und genüsslich in seinem Mund hin und her bewegte, um alle Nuancen des hervorragenden Bandoler Rotweins auf seine Papillen einwirken zu lassen, nickte er anerkennend mit dem Kopf. Sein Vater wusste, wo es schön war auf dieser Welt. Und wo es gute Weine gab.

Die halbe Flasche war leer und die Pizza hatte seinen Magen besänftigt und ein sattes Lächeln auf sein Gesicht gezaubert, als endlich sein Handy klingelte. Er hatte an diesem Abend nicht mehr damit gerechnet.

„Hallo, wer spricht da?"

Sie

Ein bisschen verärgert legte sie den Hörer auf. Selbstverständlich war sie für ihre Patienten auch an Tagen da, an denen sie normalerweise nicht arbeitete, sofern es sich um einen Notfall handelte. Vermutlich hatte der neue Patient wirklich schlimme Beschwerden, denn als sie ihm einen Zusatztermin am Donnerstag, also in zwei Tagen, geben wollte, bedrängte er sie so lange, bis sie ihm zusagte, ihn bereits am morgigen Tag zu behandeln. Dennoch hatte ihr das Gespräch nicht behagt. Er beantwortete ihre Fragen einsilbig und überging die Nachfrage, wer ihn weiterempfohlen hatte, ganz. Entweder war er ein etwas schwieriger Mensch, der mit sehr viel Selbstsicherheit und einer Portion Arroganz ausgestattet und daran gewöhnt war, alles zu erreichen, was er wollte, oder die Migräne hatte die übelsten Eigenschaften seines Charakters ans Tageslicht gebracht. Sie beschloss, die zweite Variante als Grund für sein schroffes Drängen anzusehen. Schmerzen konnten einen verrücktmachen.

Leticia hatte das Nachsehen. Alle zwei Wochen trafen sie sich mittwochs im Häagen-Dasz. Eventuell könnten sie sich anstatt um vier Uhr um halb sechs Uhr sehen - es hing davon ab, wie lange sie für Diagnose und Behandlung des neuen Patienten brauchen würde. Sie sendete der Freundin eine Nachricht und bat sie, sie am nächsten Tag um vier Uhr anzurufen - da würde sie schon besser einschätzen können, ob und wann sie sich treffen könnten.

Inzwischen war es dunkel geworden, sie schaltete die Außenbeleuchtung an, stellte den leeren Teller in die Spülmaschine und nahm ihr halbvolles Glas Rosé mit ins Schlafzimmer. Die Quiche Lorraine war endlich aufgegessen. Für nur eine Person zu kochen, war eine Umstellung, an die sie sich immer noch nicht gewöhnt hatte. Selbst bei Reduzierung der Zutaten aß sie tagelang am selben Gericht.

Sie überlegte, auf was sie in den nächsten Tagen Lust hatte. Was ihr nicht bereits zum Hals heraushing, wessen sie nicht überdrüssig war.

Alle Gerichte waren langweilig geworden. Alleine essen zu gehen, war ihr zuwider. Ab und zu bestellte sie sich eine Pizza oder kaufte beim Metzger fertige Käserollen oder andere Fertiggerichte. Paella, die im Mikrowellenherd gewärmt nur noch halb so gut schmeckte wie bei den Abendessen mit Bernhard im Restaurant. An manchen Tagen machte sie sich nur ein belegtes Brot. An anderen war ein bisschen Obst ihre einzige Mahlzeit.

Sie hatte abgenommen. Pro Jahr ein Kilo. Sie grinste. Das konnte ja heiter werden. Aber vielleicht kriegte sie ja irgendwann wieder Lust am Leben. Freude am Essen. Genuss ohne Aber. Ohne dass er fehlte.

Sie streichelte sich versonnen am Kinn. Dann nickte sie, im Einverständnis mit sich selbst.

Morgen früh auf dem Markt würde sie frische Riesenkrevetten kaufen, sie in der Pfanne leicht anbraten, und dann mit frischem grünem Salat und Cœur-du-bœuf-Tomaten eine große Schüssel Rohkost zubereiten. Aus Deutschland hatte sie mehrere Päckchen Knorrsalatsoße mitgebracht, deren Geschmack sie mit etwas Senf und Honig zu verfeinern pflegte. In einem gesonderten Schüsselchen aufbewahrt, reichte diese für mehrere Tage.

Gut, eine Entscheidung war getroffen. In Wirklichkeit zwei. Ihr freier Tag war dahin. Das Treffen mit der Freundin vermutlich ebenso. Sie sann über den fremden Akzent im fast perfekten Deutsch des Unbekannten nach. Er hatte zweifelsohne einen südländischen Einschlag. Italien? Spanien? Eher letzteres.

Ein ganz kleines bisschen erinnerte sein Deutsch an das ihrer Großmutter, die mit ihrem frisch angetrauten Ehemann von Alicante nach Deutschland aufgebrochen war, um ihm in eine bessere Zukunft zu folgen. Anna hatte ihren Großvater nie kennengelernt - aber liebte ihre „Abuela“, die die fremde Sprache ziemlich schnell gelernt hatte, über alles. Diese arbeitete als Schneiderin, um ihrem einzigen Sohn das Studium zu ermöglichen, und las ihm ebenso wie Anna alle Wünsche von den Augen ab.

Als Annas Vater eine Stelle als Entwicklungsingenieur bei Mercedes bekam, hatte sich ihr größter Wunsch erfüllt.

Der Sohn des einfachen Arbeiters, der am Band im Schichtbetrieb schuften musste und mit nur 45 Jahren einem Herzinfarkt erlagen war, hatte es geschafft. Ihr Sohn. Anna lächelte. Sie konnte sich die Großmutter nur zu gut vorstellen, wie sie sich vor lauter Freude mit einem Zipfelchen ihrer Schürze die Tränen aus den Augen wischte.

Sie zog ihr kurzes Blumenkleid aus, ein zartes hellblaues Nachthemd mit Spaghettiträgerchen über, und legte sich aufs Bett. Dann nahm sie einen kleinen Schluck aus dem Glas auf dem Nachttisch und griff nach ihrem Buch.

Von Liebe und Schatten von Isabel Allende. Obwohl sie ein sehr schönes versilbertes Lesezeichen mit einem A im Jugendstil besaß, konnte sie sich nie dazu entschließen, es zu benutzen. Deshalb blätterte sie, wie jede Nacht, ein wenig in ihrer Lektüre herum, bis sie ungefähr die Stelle fand, an der sie stehengeblieben war. Und wie jedes Mal, las sie mehrere Sätze doppelt und dreifach.

Er

Selten war er sich so unschlüssig gewesen, was er anziehen sollte. Die Jeans war ihm zu warm, die helle Garbardine-Hose zu elegant, die Bermuda nicht dem Anlass entsprechend. Zu leger. Andererseits hatte Anna keine Ahnung, was der wirkliche Grund seines Besuchs bei ihr war - und es konnte sogar sein, dass er, egal was er anhätte, sich ausziehen musste. Er sah sein Spiegelbild an und schüttelte mit gerunzelter Stirn den Kopf. Es war lächerlich.

Kurzentschlossen tauschte er zunächst den schwarzen Slip mit einer hellgemusterten Boxershorts aus und nahm dann die dunkelblaue Bermuda vom Bügel und zog sie darüber. Passend dazu ein blauweißgestreiftes Marineshirt und die dunkelblauen Nautic-Slipper. Jetzt fehlte ihm nur noch die entsprechende Mütze, dann würde sie davon ausgehen, eines der pompösen Schiffe im Hafen von Bandol sei sein eigenes. Er grinste. Nicht im Traum würde er jemals eine solche Kopfbedeckung auswählen. Und noch weniger würde er ihr von seiner Yacht erzählen, die im Club in Puerto Salinas vor Anker lag.

Er hatte mehrmals erwogen, sie zu verkaufen - die Ausfahrten mit verschiedenen Gruppen von jungen, schönen, spärlich bekleideten und fröhlich aufgelegten Menschen, die meist in einer wilden Tanz- und Trinkparty endeten, hatten ihn eine Weile amüsiert. Und die Tatsache, dass Salinas nur knappe zwei Autostunden von Guayaquil entfernt war, hatte seine anfängliche Aversion gegen die Universität, die seine Mutter ausgewählt hatte, besänftigt. Sie hatte beschlossen, dass ihr Sohn nicht in Quito, sondern an der katholischen Universität in Guayaquil studieren sollte, eine der besten – und teuersten – des Landes, mit modernen Installationen und auf höchstem akademischem Niveau. Mehrere der Präsidenten Ecuadors hatten ihre Studienzeit auf dem Campus dieser Lehranstalt verbracht, und wenn es nach María Concepción gegangen wäre, hätte auch Thiagos Weg direkt auf den Sessel des Staatsoberhauptes geführt. Er seufzte. Mit aller Kraft hatte er zumindest sein Studienfach durchgesetzt. Er wollte auf keinen Fall Jura studieren. Im Endeffekt war jede Diskussion mit seiner Mutter ein Kampf. Aber irgendwann hatte er gelernt, damit umzugehen: Er erklärte ihr, er wolle zunächst Wirtschaftswissenschaften studieren und danach im Ausland einen Master in Internationalem Business und Ökonomie machen, um irgendwann ihre kosmetischen Produkte weltweit zu vertreiben. Seine Argumentation hatte Erfolg: Im Gegenzug dafür, dass sie ihn das Fach aussuchen ließ, erklärte er sich mit der Auswahl der Universität einverstanden.

Auch wenn er beim Gedanken an die religiöse Quacksalberei, die sich durch alle Fächer und Fakultäten zog, immer noch die Augen verdrehte.

Immerhin hatte sie ihn damit bis zu diesem Zeitpunkt verschont. An der deutschen Schule in Quito wurde Ethik und Philosophie statt Religion unterrichtet. Ob er anders über gewisse Dinge denken würde, falls sie ihn in dieselbe Schule gesteckt hätte, auf der seine Cousinen waren? Isabel la Católica, allein der Name reichte ihm schon. Er erinnerte sich an das seltsame Abzeichen, das die Schuluniform der Mädchen zierte: ein Wappen, das von drei Worten umrandet war: Orden Alegría Trabajo. Ohne die geringste Anstrengung übersetzte er die Werte, die die Kinder verinnerlichen sollten: Ordnung, Freude, Arbeit. Wie sie sich gestritten hatten, als er am 60. Geburtstag der Großmutter die Cousinen damit aufgezogen hatte, ihr blödes Abzeichen wäre dasselbe wie das an den Ghettos der Nazis. In Wirklichkeit hatte er sich nur zur Wehr gesetzt: Denn im Jahr davor (viel öfter als einmal im Jahr sah man sich nicht) hatten eben diese Kusinen, die etwas älter waren und die in Geschichte gerade den 2. Weltkrieg durchnahmen, ihn mit demselben Schimpfwort bedacht: Nazi. Nur weil er auf der Deutschen Schule war. In den Augen der gesamten Familie eine weitere Verrücktheit von María Concepción. Er nickte leicht.

Es war das einzige Zugeständnis, das sie seinem Vater gemacht hatte, und er war ihr dankbar dafür.

Kurz fiel sein Blick auf die Armbanduhr. Wenn er pünktlich sein wollte, wurde es Zeit, zu fahren. Er brauchte sich nicht zu verstellen - das Kopfweh hatte sich von alleine eingestellt.

Er und sie

Erste Begegnung

Zwei Minuten nach drei drückte Thiago auf die Klingel unter der mit dem Namen des Vaters. Das Tor öffnete sich langsam und an der Haustür erwartete ihn Anna in ihrer hellen Arbeitskleidung. Sie begrüßten sich mit einem festen Händedruck und er freute sich über den klaren Blick ihrer Augen, die ihn direkt und ohne Scheu ansahen. Er stellte erstaunt fest, dass sie um einiges jünger war, als er gedacht hatte. Ihre hellen Augen und die dunkelblonden Haare, die stufig geschnitten ihr Gesicht umrandeten, aber irgendwie zerzaust wirkten, zerrupft, zerpflückt, ließen ihn an ein junges Mädchen denken. Dennoch hatte das Leben Linien in ihr Gesicht gezeichnet, dünne, mal mehr, mal weniger tiefe Furchen geritzt, die den ersten Eindruck berichtigen sollten: Sie ist kein junges Mädchen mehr. Sie hat gelebt und gelitten.

Im Stillen hatte sich Thiago gefragt, ob Anna eine entfernte Ähnlichkeit mit seiner Mutter hatte - immerhin hatte sein Vater beide geliebt und oft lag der ersten Anziehung ein ähnliches äußeres Erscheinungsbild zugrunde. Erleichtert erkannte er, dass seine Besorgnis umsonst gewesen war. Anna hatte so wenig mit María Concepción gemeinsam wie Spanisch mit Deutsch. Zumindest auf den ersten Blick.

„Guten Tag, Herr Vásquez. Bitte kommen Sie herein. Hier links die zweite Tür."

Sie öffnete leicht die weiße Holztüre und ließ ihm den Vortritt in ihr helles, in sanften Weiß- und Beigetönen gehaltenes Behandlungszimmer. Zunächst wies sie ihm den Platz gegenüber ihres Schreibtisches zu, setzte sich auf ihren Stuhl und nahm eine Karteikarte zur Hand.

„Lassen Sie uns zunächst die ganzen Formalitäten hinter uns bringen, ja?"

Sie setzte sich eine hellblaue Lesebrille auf und begann mit der Aufnahme seiner Personalien.

Anschließend befragte sie ihn nach Krankheiten, Operationen, Medikamenten, die er eventuell einnähme. Nach dem Gesundheitszustand seiner Eltern. Als er knapp antwortete, beide seien bereits gestorben, hob sie kurz den Blick und sah ihn an.

„Das tut mir leid."

„Hatten ihre Eltern irgendwelche Krankheiten wie Diabetes, Nierenprobleme, Herzkreislauf, hohen Blutdruck, Krebs?

Er schüttelte den Kopf.

„Meine Mutter war kerngesund. Sie starb vor sieben Monaten bei einem Autounfall."

Wieder blieb ihr ernster Blick an seinen Augen hängen.

„Oh, wie traurig!“

Nach einer kurzen Pause hakte sie nach. „Und Ihr Vater?“

„Ich habe ihn nie kennengelernt.“

„Oh ...“

Anna zog spürbar den Atem ein. Sie hatte das Gefühl, bei jeder ihrer Fragen in ein Fettnäpfchen zu treten. Aber wie sollte sie ihm helfen, wenn sie nicht akribisch die Anamnese verfasste? Sie unterließ es, nachzuhaken, wieso er dann wusste, dass sein Vater gestorben war.

Kurz entschlossen verkürzte sie den theoretischen Teil und wies ihn an, die Schuhe auszuziehen und es sich auf der Liege an der gegenüberliegenden Wand bequem zu machen.

„Am besten fangen wir gleich richtig an. Seit wann haben Sie die Kopfschmerzen? Erinnern Sie sich daran, ob es irgendeinen Auslöser gab? Etwas, was sie gegessen oder getrunken haben? Eine Diskussion mit jemandem? Ein konkretes Ereignis?“

Thiago beschloss, so nah es ging bei der Wahrheit zu bleiben, ohne sie mit der ganzen Wucht derselben zu überfallen.

„Ich muss innerhalb kürzester Zeit so viel Information zu einem gewissen Thema zusammentragen, wie es nur geht.“

„Hmmm ... Stress also ... Ja?“ Vorsichtshalber untersagte sie sich die Nachfrage, ob es sich um eine berufliche oder persönliche Information handelte.

Er nickte. „In gewisser Weise ja."

Während sie sich unterhielten, hatte sie sich am Fußende der Liege auf einen Schemel gesetzt, sich mit einer wohlriechenden Lotion die Hände eingerieben und angefangen, seine Fußsohlen zu reiben. Der Druck ihrer Fingerkuppen nahm spürbar zu, ohne jedoch unangenehm zu werden. Einige Minuten vergingen, ohne dass beide ein Wort artikuliert hätten, und er begann sich zu entspannen. Er schloss die Augen und konzentrierte sich auf die Empfindungen, die ihre knetenden Bewegungen auslösten. Jetzt erst nahm er im Hintergrund die beruhigende Musik wahr, die sich einen Weg in sein Inneres suchte und ihn von den drängenden Fragen ablenkte.

„Au!"

Annas Knöchel hatten sich in seinen großen Zeh gebohrt.

„Tieeeeeeef durchatmen." Ihre Stimme erlöste ihn kurz von der Pein, die im nächsten Moment wieder mit voller Stärke einsetzte.

„Aua!" Vorwurfsvoll schlug Thiago die Augen auf und sah Annas belustigten Blick auf sich ruhen.

„Ist das ihr erstes Mal?"

„Ja", gab Thiago zu. „Ich wusste nicht, dass es so wehtun würde"

„Sie müssen nur gegen den Schmerz atmen. Versuchen Sie, durch die Nase zu atmen, und zählen Sie beim Einatmen bis drei und beim Ausatmen bis sechs. Und dann leiten Sie den Sauerstoff, den sie eingeatmet haben, mental genau dorthin, wo es wehtut.

Es wird gleich besser werden."

Aber es wurde nicht besser. Thiago hätte schreien können und er verfluchte sich für seine dumme Idee, ihr auf diese Weise näherkommen zu wollen. Er könnte ihr entspannt in einem Café gegenübersitzen und zuhören, was sie von sich aus über seinen Vater erzählen wollte. Zu spät!

Es wurde besser. Und sie ließ endlich von dem Punkt ab und widmete sich nun seiner Wirbelsäule, genauer gesagt, den Reflexzonen, die ihr entsprachen. Er hatte selten Rückenschmerzen und so wurde die Massage wieder entspannend. Erst als sie einen weiteren Knoten ausfindig gemacht hatte und bearbeitete, nahm Anna das Gespräch wieder auf.

„Dieser Bereich entspricht dem Darm. Hatten Sie in letzter Zeit Probleme mit ihrer Verdauung?"

Thiago runzelte die Stirn. Das ging ihm etwas zu weit. Aber es stimmte. Seit er in Frankreich angekommen war, hatte er Probleme damit.

So nickte er und entrang sich ein knappes „Ja. Stimmt."

Anna war an die anfängliche Skepsis fast aller neuen Patienten gewöhnt. Sie gab keine Examen mehr ab, arbeitete nach bestem Gewissen und teilte vorsichtig ihre Befunde mit. Nicht in allen Fällen konnte sie das. Bei einigen besonders komplizierten Menschen oder auch, wenn ihre Diagnose zu besorgniserregend geriet, musste sie darauf hoffen, ihre Ratschläge, einen Facharzt aufzusuchen, würden befolgt, und dessen Worte würden ihre Vermutung bzw. ihr Wissen in akzeptable Realität umwandeln.

Sie hatte den Knoten schon gesehen, bevor sie ihn ertastet hatte. Und sie wusste, dass das Problem noch am selben Abend gelöst wäre. Es war ihr fast, ja fast egal, ob Thiago akzeptieren konnte, dass es mit ihrer Behandlung zu tun hatte.

Hauptsache, sie konnte etwas tun für ihn. Also knetete sie tüchtig weiter, ohne auf sein schroffes „Ja. Stimmt" einzugehen, und freute sich, als sich die Verhärtung spürbar löste und sich Thiagos schmerzverzerrtes Gesicht wieder glättete.

Er war ein sehr gutaussehender Mann. Sie hatte längst im Kopf sein Geburtsjahr mit ihrem eigenen verglichen und wusste, dass er neun Jahre jünger war. Was er wohl in Frankreich machte? Er war aus Ecuador, aber er sprach perfekt Deutsch. Und ja, der kaum wahrnehmbare Akzent hatte spanischen Hintergrund. Während sie sich weiter auf ihre Arbeit konzentrierte, schweiften ihre Gedanken immer wieder ab. Sie überlegte, wer ihn wohl zu ihr geschickt hatte. Es gab nicht viele Deutsche, die ständig in Sanary lebten - die meisten hatten ihr Feriendomizil hier, waren aber Anfang Oktober längst wieder abgereist. Wenn sie ihn nach seinem Beruf gefragt hätte, wäre das zumindest ein Anhaltspunkt gewesen. Welcher Arbeit er wohl nachging? Er sah nicht wie ein Künstler aus. Alle medizinischen Berufe konnte sie ebenfalls ausschließen. Für einen Politiker war er zu jung. Für einen Wissenschaftler zu gestylt. Die Schuhe ... die Schuhe waren auf jeden Fall nicht billig gewesen. Sie tappte völlig im Dunkeln. Es war ja auch egal, was er machte. Auf alle Fälle hatte er unglaublich schöne Lippen.

Und er sah verletzlich jung aus, mit geschlossenen Augen, die, wenn er sie öffnete, eine gewisse Härte und ziemlich viel Energie ausstrahlten. Ein wenig wie Feuer, dachte sie. Eher wie Feuer als wie Eis. Auf alle Fälle nicht ungefährlich.

Das Telefon klingelte.

„Entschuldigung, ich bin gleich wieder da. Ruhen Sie sich inzwischen ein wenig aus, ja?"

Thiago gab keine Antwort. Es war gut, dass er einige Minuten vor Annas üblen Knöcheln sicher war, um sich darüber klarzuwerden, wie er es anstellen würde, ihr zu sagen, dass er Bernhard Winters Sohn war. Oder sie zumindest dazu bringen könnte, ihm von seinem Vater zu erzählen.

Anna nahm das Handy und schloss vorsichtig die Tür hinter sich. Es war tatsächlich schon eine

Stunde vergangen und Leticia wollte hören, ob sie sich noch treffen könnten.

„Ça va, toi?"

„Oui, oui, tout est très bien. Je pense que je peux être là vers six heures. D'accord?"

"Super. On se voit alors, bisou!!"

"À toute à l'heure, chérie!"

In einer Stunde würde sie mit Thiagos Behandlung fertig sein - sie freute sich auf die Freundin und lächelte glücklich beim Gedanken an den Austausch mit ihr. Leticia hatte bis vor einem Jahr in der Buchhandlung an der Promenade gearbeitet, wo sich die beiden kennen- und schätzengelernt hatten. Annas Französisch war zwar nicht perfekt, aber durch ihre spanischen Wurzeln leichter ausbaufähig als das ihres Mannes. Anna bat Leticia bei der Auswahl französischer Literatur um Hilfe, und wurde von ihr von zunächst einfachen zu immer spannenderen und komplizierteren Werken geführt. Über die Diskussion und die gemeinsame Begeisterung für bestimmte Autoren waren sich die beiden Frauen bald nähergekommen, hatten irgendwann angefangen, auch persönliche Themen anzusprechen, und entdeckten, wieviel sie trotz der unterschiedlichen Nationalität und Lebensweise verband. Leticia war aus der Bretagne, hatte sich aber in einen Südfranzosen verliebt und war in Sanary hängengeblieben. Die Ehe war nach nur drei Jahren in die Brüche gegangen und sie mit dem Baby dazu verdammt, weiterhin in der Nähe des Ex-Mannes zu leben, damit dieser seinen Vaterpflichten nachkommen konnte. Inzwischen hatten sie ein relativ stressfreies Verhältnis, der Sohn war kurz vor dem Abitur und seit der Trennung die Hälfte der Zeit bei ihr, die andere beim Vater und dessen neuer Familie. Beide Frauen, Anna und Leticia, waren genau gleich alt. Selber Jahrgang. Leticia war ein bisschen kleiner und ein bisschen rundlicher. Anna meinte immer, wenn sich die Freundin über die Pfunde beklagte, sie solle bloß aufhören damit, sie wisse genau, dass sie an den richtigen Stellen die richtigen Kurven hätte. Und überaus anziehend sei mit den dunklen Locken und den warmen, braunen Augen.

„Also, wenn ich ein Mann wäre ..." Das dachte Anna ab und zu, und bemerkte auch die bewundernden Blicke der anderen Café-Besucher, wenn Leti mit ihren vollen Rundungen durch die Tür kam und mit den Augen die Freundin suchte. Die meistens vor ihr da war. Heute nicht.

Anna ging zurück ins Sprechzimmer und lächelte immer noch, in Gedanken beim Gespräch mit Leticia.

Thiago machte kurz die Augen auf und hob den Kopf, als sie sich wieder auf den Schemel setzte. Wer da wohl angerufen hatte? Vielleicht ein neuer Freund, denn so glücklich hatte sie vorhin nicht ausgesehen.

Sie lächelte ihm zu und meinte, er solle sich wieder hinlegen und sich entspannen. Und dann knetete und bohrte und rieb und modellierte und drückte und quetschte und durchwalkte sie wieder seine Füße. Und mit einem Seufzer ließ er sie machen.

Er

Thiago lag auf dem Doppelbett im Hotel und starrte an die Decke.

Er war im Haus seines Vaters gewesen, hatte mit den Füßen den gleichen Boden berührt, hatte in dieselben Augen geblickt wie er, ihre Stimme gehört, sich von ihrem Parfüm verwirren lassen.

Inzwischen war ihm klar, warum er ihr nicht sofort auf dem Friedhof den wahren Grund seiner Reise offenbart hatte. Ihre anmutigen Gesten hatten ihn neugierig gemacht, ihre offensichtliche Traurigkeit eine Saite in ihm zum Schwingen gebracht, von der er nicht einmal wusste, dass es sie gab.

Er wollte sie trösten. Wollte ihre Melancholie zum Verschwinden bringen. Und das, obwohl er das Waisenkind auf der Suche nach den Überbleibseln seines Vaters war.

Sie hatte ihn angezogen, ohne es zu beabsichtigen und ohne sich dessen bewusst zu sein. War das Bindeglied zu seinem unbekannten Erzeuger. Grund genug, sich ihr wie ein schleichendes Nachttier zu nähern, wie ein schwarzer Panther, der seine Kreise immer enger um ihre Wärme zog?

Warum hatte er immer noch nicht die Wahrheit gesagt?

Was sollte das alles? Er schüttelte den Kopf.

Zweifelsohne war sie eine interessante Frau. Nicht unhübsch. In Wirklichkeit nur einen Tick von wunderschön entfernt. Er hätte sich ohne Frage in sie verlieben können, denn das Alter war ihm schon immer vollkommen unwichtig gewesen. Sicherlich war sie ein paar Jahre älter, aber das war nicht der Grund dafür, dass er es sich nicht erlauben würde. Es war unmöglich. Und basta!

Morgen würde er ihr am besten gleich nach der Therapie erzählen, dass er Bernhards Sohn war. Sie fragen, ob sein Vater von seiner Existenz gewusst hatte. Ob und was er von Ecuador erzählt und warum er seine Mutter verlassen hatte? Er wollte sie um alte Fotografien bitten, wollte mit ihr über ihren verstorbenen Mann sprechen, sich in ihm wiedererkennen oder auch nicht. Sich Trost bei ihr holen über den Verlust von etwas, das er nie gekannt hatte. Und sie trösten. Vielleicht war sie ja das Erbe, das ihm zustand. Oder er ihr Hoffnungsträger für einen Neuanfang. Beide durch Bernhard miteinander verbunden.

Er fühlte, wie es in seinem Bauch rumorte. So ein Quatsch! Was er dachte, machte keinen Sinn und seine Eingeweide ließen es ihn wissen.

Absoluter Blödsinn!

Auf dem Weg ins Bad merkte er erleichtert, dass die Beschwerden der letzten vier Tage ein Ende haben würden. Ob es etwas mit ihrer Behandlung zu tun hatte?

Morgen würde er sie fragen. Noch neun Tage bis zu seinem Abflug. Bisher war er nicht sehr weit gekommen mit seinen Nachforschungen. Selber schuld!

Eine Viertelstunde später stand er unter der Dusche und spürte, wie seine Anspannung nachließ und sich einige Tränen mit dem warmen Wasser vermischten. Seit den Tagen nach dem Unfall seiner Mutter hatte er nicht mehr geweint. Anna hatte anscheinend mehrere Knoten wegmassiert.

Anna.

Morgen.

Er hatte Angst.

Sie

Das Treffen mit Leticia hatte ihr wie immer sehr gutgetan. Auch wenn sie zugegebenermaßen in manchen Momenten nicht ganz bei der Sache war.

Leti erzählte ihr ausführlichst von dem letzten Streit mit ihrem halbwüchsigen Sohn, der früher ihr Ein und Alles gewesen war. Wegen Luc hatte sie mehr oder weniger darauf verzichtet, sich ein Leben mit einem anderen Partner aufzubauen. Nicht dass sie nicht ab und zu einen Freund gehabt hätte - aber spätestens, wenn sie anfing, ihn mit nach Hause zu bringen und das Zusammensein immer öfter von den Eifersuchtsanfällen ihres Sohnes überschattet wurde, zerbrachen die meisten Liebesgeschichten, so vielversprechend sie auch angefangen hatten.

Wer sich am meisten angestrengt und wirklich viel Verständnis für ihre Situation gezeigt hatte, war Julien. Mit ihm war sie zwei Jahre befreundet und sie hatten sogar überlegt, zusammenzuziehen. Nicht nur überlegt - er hatte es ein halbes Jahr bei ihr ausgehalten. Dann gab er auf. Anna konnte es gut nachvollziehen.

Luc weigerte sich vom Moment an, an dem Julien eingezogen war, weiterhin an drei Tagen zu seinem Vater zu gehen. Zumindest wollte er nicht mehr bei diesem übernachten. Und zuhause gab es jede Nacht dasselbe Drama - er hatte Albträume und schrie und weinte so lange, bis sie sich zu ihm ans Bett setzte und seine Hand hielt. Er schien Julien einigermaßen akzeptiert zu haben, der sich unglaublich viel Mühe mit dem Kind gab, und zunächst dachte sie, es habe mit seiner Einschulung zu tun, mit der Tatsache, dass die anderen Kinder ihn mobbten. Ihr Sohn war zu dieser Zeit knapp sieben Jahre alt und fing wieder an, nachts einzunässen. Wie damals, als Maurice sie beide verlassen hatte. Enuresis. Sie suchte verschiedene Fachärzte auf und las alle Ratgeber, die sie zu dem Thema auftreiben konnte, aber nichts half. Irgendwann konnte sie nicht mehr.

Nicht nur, dass sie übermüdet und gestresst war und dummerweise ihren Frust am Einzigen ausließ, der immer für sie da war: an Julien. Nein, sie hatte auch keine Lust mehr, mit ihm zu schlafen. War zu sehr Mutter, um noch Frau zu sein.

Anna schüttelte den Kopf und seufzte. Leti hatte ihr erzählt, wie schnell das mit dem nächtlichen Einnässen vorbei war, nachdem Julien gegangen war. So ein eigensinniger Fratz! Auch sie hatte am Anfang ihrer Freundschaft unter dem Kind zu leiden. Kaum redeten sie mal länger als zehn Minuten am Telefon, begann er zu quengeln und zu nerven.

Ja, es konnte sein, dass ihr das Verständnis dafür fehlte, weil sie selbst nie Kinder bekommen hatte.

Dennoch, in ihren Augen hatte Leti alles mögliche falschgemacht. Keine Grenzen gesetzt.

Luc war mit seinen siebzehn Jahren zu einem richtigen Tyrannen herangewachsen, der seine Mutter mehr quälte, als es jeder Partner vermocht hätte.

Leider waren Annas Gedanken immer wieder abgeschweift, zu dem neuen Patienten, und an ihm hängengeblieben, wie in einem Spinnennetz. Irgendetwas behagte ihr überhaupt nicht. Irgendetwas war faul an der ganzen Sache - nur kam sie nicht darauf, was es war.

Leticia strich ihr kurz über den Arm, als sie ihre Vermutungen mit der Freundin teilte.

„Süße, du siehst Gespenster. Falls der Typ dich überfallen wollte, hätte er das doch längst getan."

Anna hatte entgegnet, wieso er dann Ausflüchte gesucht hatte, als es darum ging, wer sie empfohlen hatte.

„Du weißt genau, dass ich nur Leute behandle, die von anderen Patienten zu mir geschickt werden. Ich bin doch nicht verrückt und setze mich der Gefahr aus, irgendeinen Kriminellen in mein Haus zu lassen, der zufällig vorbeiläuft und sich die Telefonnummer aufschreibt. Außerdem kann ich Dir gar nicht erklären, wie seltsam er sich überall umgeguckt hat. Als ob er genau untersuchen wollte, wie er am besten ins Haus käme. Wo die Alarmanlage hängt und welche Sensoren es gibt. Ich sag Dir, irgendetwas stimmt nicht mit dem. Vielleicht ist er auch ein Psychopath - die sehen ja meistens total normal aus."

„Aber nein, Anna, Du hast wirklich zu viel Fantasie!

Anna ließ sich nicht beirren.

„Und er hat sehr wenig über sich erzählt - ich weiß weder, warum er hier in Frankreich ist, noch, weshalb er so gut Deutsch kann. Alles total undurchsichtig!"

„Vielleicht ist er ein Spion? Oder jemand, der ein Buch über deutsche Politiker schreibt."

„Nee, Leti, da hätte er sich doch normal angemeldet und einen Termin zu einem Gespräch vereinbart. Von wegen, ich hab' verrückte Ideen!!"

„Und wirst Du ihn nochmal behandeln?"

Kleinlaut gestand Anna, dass er tatsächlich am folgenden Tag wiederkommen würde.

Leticia schmunzelte.

„Hmmm ... Entweder du bist neugierig oder irgendetwas stimmt nicht mit dir! Du hast immer gesagt, die Auswirkungen der Erstbehandlung müssten sich erst einige Tage entfalten, bevor eine weitere Sitzung Sinn macht."

Sie hob die Augenbrauen.

Anna nickte. Eben das hatte sie ihm auch erklärt, als er sie um einen neuen Termin bat, und sie ihm den Dienstag der folgenden Woche vorgeschlagen hatte.

„Ich kann es Dir nur schlecht erklären. Er hat eine Art, seine Wünsche so vorzubringen, dass sie wie Befehle wirken, welchen sich niemand zu widersetzen wagt. Er hat mich überrollt."

Sie zuckte die Achseln und schüttelte den Kopf.

„Ein sehr seltsamer Mensch."

„So langsam bin ich neugierig. Wann kommt er, sagst du? Soll ich vorsichtshalber bei dir vorbeischauen, falls er tatsächlich böse Absichten hat?"

Anna nickte. Irgendwie beruhigte sie es, zu wissen, dass Leti sie um kurz nach sechs Uhr am nächsten Tag besuchen würde. Im besten Fall könnten sie einen Apero auf der Terrasse trinken und ihre Neuigkeiten austauschen.

Im schlimmsten Fall müsste Leti die Polizei verständigen.

Es mag schon sein, dass die Freundin recht hatte. Manchmal ging die Fantasie mit ihr durch.

Zweite Begegnung

In Sanary war die Hölle los. Thiago verfluchte die vielen Autos, die die Hauptstraße blockierten. Dabei war es erst Donnerstag. Trotzdem schienen alle Franzosen Frankreichs zur selben Zeit auf der Küstenstraße von Sanary Richtung Bandol unterwegs zu sein. Er hasste es, zu spät zu kommen.

Zehn Minuten nach fünf Uhr brachte er den Alfa Romeo verschwitzt und wütend mit quietschenden Reifen vor dem Haus seines Vaters (und Annas) zum Stehen.

Mit einem Tempo wischte er sich den Schweiß von der Stirn und fuhr sich mit der Hand durch die dunklen Haare. Im Rückspiegel begegneten seine Gedanken den gehetzten Augen. So ging das nicht! Er musste unbedingt ruhiger werden.

Langsam einatmen, noch langsamer ausatmen, nicht gegen die Angst ankämpfen, sondern sie willkommen heißen - sein Psychologe in Quito hatte ihn gelehrt, mit den aufkommenden Panikattacken fertigzuwerden.

Kurz schloss er die Augen. Versuchte, alle Empfindungen auf ein Minimum zu reduzieren. Nicht mehr denken. Nicht mehr fragen. Nicht mehr widerstehen.

Fließen. Und loslassen.

Anna öffnete ihm die Tür. Sie sah sofort, dass es ihm nicht gut ging und ließ alles Misstrauen beiseite.

„Herr Vásquez, bitte kommen Sie herein. Kann ich Ihnen ein Glas Wasser bringen?"

Er atmete hörbar schwer.

„Danke." Und nach einer kurzen Pause: „Ja. Sehr gerne. Vielen Dank."

Etwas leiser fügte er hinzu: „Entschuldigen Sie bitte meine Verspätung. Es gab unglaublich viel Verkehr und ich stand im Stau."

Erst als er es sich wieder auf der Liege bequem gemacht hatte und sie auf dem Hocker zu seinen Füßen saß, entspannte er sich etwas.

„Darf ich Sie fragen, ob Sie sich öfter so fühlen?"

„Wie?"

Sie schüttelte den Kopf. Er war genauso verschlossen und störrisch wie am Tag zuvor.

„Ich denke, wir beide wissen, wie. Mit dem Gefühl, Sie haben nichts mehr unter Kontrolle." Vorsichtig umschrieb sie, was sie intuitiv gespürt hatte. Was sie leider immer öfter diagnostizierte.

Angststörungen. Ein Übel der letzten Jahre. Sie war sich nicht sicher, inwieweit sie schon immer existiert hatten, nur durch fehlende Kriterien früher nicht erfasst worden waren. Nein, in ihrem Innersten wusste sie intuitiv, dass die Informationsflut und die Ausweitung der Technologie auf alle Bereiche des zwischenmenschlichen Lebens Auslöser eines Prozesses waren, der die Menschen vom Wesentlichen entfernte. Und den Angstzuständen näherbrachte.

Thiago hob den Kopf etwas und runzelte die Stirn.

„Sind Sie eine Psychologin oder was?"

Anna lächelte ein wenig.

„Wäre das so schlimm? Nein, ich behandle nur viele Menschen mit den unterschiedlichsten Problemen. Und soweit es in meiner Kraft steht, versuche ich ihnen zu helfen."

Etwas besänftigter und auch ein bisschen kleinlaut gestand Thiago, was Anna vermutet hatte.

„Ja, ich hatte ein, zwei Mal eine Panikattacke. Es fühlt sich schrecklich an. In meiner Brust findet jedes Mal eine Art Pferderennen statt - wie ein endloser Galopp ... und gleichzeitig habe ich das Gefühl, jemand umschlingt mich von hinten und bricht mir alle Rippen. Außerdem ist es, als ob die Zeit stillstehen würde. Wie ein Pinball oder Flipperspiel im Tilt. Wo nichts mehr geht."

Thiago schluckte.

Wie kam er dazu, seine geheimsten Gedanken mit ihr zu teilen. Ausgerechnet mit Anna!

Sie schien in ihm wie in einem offenen Buch zu lesen, denn während ihre Hände schon auf der Suche nach den betreffenden Stellen waren, besänftigten ihn ihre nächsten Worte.

„Die Reflexzonenmassage öffnet alle möglichen Kanäle. Genau dadurch wird die Heilung beschleunigt. Alles was herausmuss, was Sie loslassen sollen, auch was sie eventuell, ohne es zu wollen, erzählen, reinigt ihr gesamtes körperlich-geistiges System."

Nach einer kurzen Pause fügte sie hinzu:

„Es gibt sehr viele Menschen, die genau dasselbe durchmachen wie Sie, Thiago. Heute werde ich Ihnen zusätzlich zur Massage eine Mischung aus Bachblütentropfen zubereiten."

Mit einem beruhigenden Lächeln tätschelte sie seine Hand.

„Wir kriegen das schon in den Griff. Keine Sorge."

Thiago fühlte sich ein wenig wie ein kleines Kind. Ein bedürftiges und krankes Kind.

Jetzt wäre der richtige Moment, um es ihr zu sagen. Um nach seinem Vater zu fragen. Er setzte sich leicht auf und stützte sich mit den Ellenbogen auf die Liege.

Aber während er noch nach den geeigneten Worten suchte, drückte sie ihn behutsam in die Horizontale zurück und wies ihn an, sich zu entspannen. Die Augen zu schließen und gegen den Schmerz zu atmen.

Und bevor er weiter überlegen konnte, schossen ihm die Tränen in die Augen. Sie hatte einen unglaublich schmerzhaften Punkt getroffen und bearbeitete ihn mit mehr Sorgfalt, als ihm recht war. Es war eine Tortur!

„Anna!“ Sein gequälter Schrei war zwar gedämpft, aber machte doch seinem Ärger Luft.

Sie kicherte.

„Ja, Thiago?“

„Haben Sie unterdrückte sadistische Anwandlungen?“

„Wenn es Ihnen hilft, das zu denken - bitte!“

Der Druck ihrer Knöchel schien sich noch zu verstärken und Thiago stöhnte.

„Bitte, Anna, das tut unverschämt weh! Können wie eine kurze Pause machen?“

„Aber wir haben doch gerade erst angefangen! Und Sie sind außerdem eine Viertelstunde zu spät gekommen!“

„Und dafür bestrafen Sie mich jetzt?“ Er wand sich unter ihren Fingern.

„Nein. Natürlich nicht! Wie fühlt sich das jetzt an mit dem Herzrasen? Ist es besser?“

Thiago runzelte die Augenbrauen.

„Ja, es ist weg. Verrückt!“

Sie zuckte mit den Achseln.

„Ah, und da wir gerade dabei sind: Was machen Ihre Verdauungsprobleme?“

Leicht spöttisch grinste sie ihn an.

Er atmete tief ein und hörbar aus.

„Auch weg. Stimmt.“

„Gut, dann sind wir ja ein paar Schritte weiter!" Sie klang fast fröhlich.

Wenn sie wüsste, wie viele Schritte noch fehlten! Thiago kaute auf seiner Unterlippe herum. Er hatte nicht die geringste Ahnung, wie er es ihr sagen könnte. Und wann.

Also ordnete er sich ihr unter. Gehorchte ihren Anweisungen und genoss in den Momenten, in welchen er nicht vor Schmerz den Atem anhielt, die Berührung. Und so sehr er es auch zu verhindern suchte, konnte er doch seiner Vorstellung nicht Einhalt gebieten.

Mit geschlossenen Augen befand er sich in einer verbotenen Nebenwelt, in der Anna andere Bereiche berührte.

Sie

Verwirrt schloss sie die Tür hinter Thiago. Sie runzelte ihre Augenbrauen, beugte den Kopf schräg zur Seite und legte ihre rechte Hand auf die rechte Wange.

Wunderte sich über ihn und über sich selbst.

Sie hatte seine Einladung zum Abendessen am Samstag angenommen, die aus heiterem Himmel erfolgt war, während er sich von ihr verabschiedet und ihr versichert hatte, wie gut ihm die Sitzung getan hatte. Aus Dankbarkeit, vermutete sie.

Ein Verbrecher war er definitiv nicht. Und wieso sollte sie es nicht genießen, zum ersten Mal seit langer Zeit wieder schön essen zu gehen? Aber mit ihm? Einem Unbekannten? Der ihr immer noch nicht ganz geheuer war, aus welchem Grund auch immer? Der so sparsam mit jeglicher Information über sich selbst war, als ginge es um geheimdienstliche Daten?

Wie sollte sie das Leticia erklären, die in einer Viertelstunde kommen würde? Dass sie nicht recht bei Trost war?

In diesem Moment klingelte die Freundin. Früher als erwartet.

„Hey, Süße! Was ist denn los? Du machst ein Gesicht, als ob du einen Schlag auf den Hinterkopf bekommen hättest. Ist alles ok? Hat er dir was getan?"

Leti sprudelte. Besorgt aber fröhlich.

Anna schluckte.

„Er hat mich zum Abendessen eingeladen."

„Er hat dich - was?" Leti öffnete ihre dunklen, schräggeschnittenen Augen so weit es überhaupt ging.

„Der verflucht gutaussehende Typ, der gerade in den roten Alfa gestiegen ist? Mannomann!"

Anna sah etwas kläglich aus.

„Ja, weil er sich nach der Sitzung heute viel besser gefühlt hat. Um mir zu danken."

„Hat er denn bezahlt?"

„Ja, natürlich. Wieso?"

„Na, dann is' ja gut. Wieso sollte er dich dann auch noch aus Dankbarkeit einladen? Wäre viel einfacher, dir nächstes Mal eine Schachtel Pralinen zu bringen oder, keine Ahnung, eine Handcreme oder eine Flasche Wein, weiß nich'." Sie zuckte mit den Achseln.

„Weshalb denn sonst?" Anna klang verständnislos.

„Na, vielleicht hat er andere Absichten, Anna! Wäre jedenfalls logisch, sonst würde er dich doch nicht zum Essen einladen."

„Meinst du?"

Anna schüttelte entschlossen den Kopf.

„Nee - glaub mir, er ist einfach sehr höflich. Aber gleichzeitig weiterhin extrem verschlossen. Ich weiß immer noch überhaupt nicht, wie ich ihn einschätzen soll."

„Also zumindest will er dich nicht beklauen, Schatz!"

„Stimmt. Das nicht. Aber irgendetwas Komisches hat er."

Leticia nickte lachend.

„Ja, dass er unverschämt gut aussieht. Vielleicht ist er ja schwul."

„Hä? Wieso sollte er schwul sein?"

„Also, überleg' doch mal, wer aus unserem weiteren Bekanntenkreis am besten aussieht und vor allem am meisten Wert auf sein Äußeres legt!"

„Du meinst Patrick?"

„Richtig, mein Schatz. Gefeilte Fingernägel, die Haare immer perfekt, Klamotten, die besser zusammenpassen als manchmal bei uns Frauen."

„Mag sein. Ja, vielleicht ist es das, was ihn mir so undurchsichtig erscheinen lässt. Weil er es versteckt."

Anna nickte beruhigt. Sie brauchte sich keine Sorgen mehr machen. Alles war ganz einfach, Thiago war schwul.

Sie entspannte sich sichtlich.

„Komm, lass uns über was anderes reden. Magst du einen Pernod? Oder lieber einen Kir Royal? Ich hab' eine Flasche Champagner im Kühlschrank."

Während Leti die Sekflöten nach draußen

brachte, suchte Anna den Cassis-Sirup im Küchenschrank. Dann öffnete sie ein Tütchen mit Macadamianüssen, gab den Inhalt in eine kleine dunkelgrüne Keramikschale und stellte den Sirup und die Nüsse auf den Terrassentisch.

Sie seufzte. Inzwischen hatte sie gelernt, eine Sektflasche ohne die Hilfe ihres Mannes aufzumachen. Es war ihr nichts anderes übriggeblieben.

Und so setzte sie sich zur Freundin, ließ den Sektkorken in den dunkelblauen Himmel knallen und versuchte, sich am Abendrot zu erfreuen, auch wenn Bernhard es nie mehr sehen würde.

Er

Donnerstagabend. Thiago fühlte sich wohl, wie schon lange nicht. Natürlich war es ihm mehr als peinlich gewesen, seine Angstzustände vor Anna zugeben zu müssen. Nicht gerade das, was einen Mann begehrenswerter machte.

Stopp. Was sollte das jetzt schon wieder? Er schüttelte entschlossen den Kopf.

Trotzdem hüpfte ein junger Thiago in ihm an die Decke, berührte mit den Fingerspitzen den unerreichbaren Himmel. Sie würde mit ihm essen gehen. Das bedeutete, dass er ihr zumindest nicht ganz egal war, dass sie ihn eventuell sogar nett fand und nichts dagegen hatte, ihn näher kennenzulernen.

Tatsächlich hatte er während der ganzen Behandlung überlegt, wie sie reagieren würde, wenn er sie einfach so zum Abendessen einladen würde.

Im Falle, dass sie abgelehnt hätte, wäre ihm nichts anderes übriggeblieben, als das Thema endlich auf seinen Vater zu bringen.

Gott sei Dank hatte sie zwar ziemlich erstaunt ausgesehen, aber zu seiner übergroßen Freude doch eingewilligt. Das gab ihm einen Aufschub von zwei Tagen.

Auch ziemlich viel Vorfreude.

Heute Abend hatte er keine Lust auf den Trubel

in der Stadt. Er wollte in Ruhe überlegen, wohin er Anna ausführen würde und wie er es am besten anstellen könnte, sie über Bernhard auszufragen, ohne dass sie Verdacht schöpfen würde. Auch wenn es dem vernünftigen Thiago nicht passte - der, der ihn ihm jubilierte und gerade Luftsprünge machte, wollte ihr näherkommen, ohne ihr sofort reinen Wein einzuschenken.

Auf der Menükarte des Zimmerservices gab es nicht viele Gerichte, die ihn begeisterten; die Ravioli mit Tomatensauce mussten für heute Abend reichen. Und anstatt des Weins bestellte er eine Flasche Mineralwasser – de l'eau minérale gazeuse – das eignete sich besser zum Nachdenken.

Während er auf das Essen wartete, rief er in Quito an. Bei sechs Stunden Zeitunterschied war der Arbeitstag in Ecuador noch lange nicht zu Ende. Joaquín Molina Sanfilippo war sofort am Apparat. Der Bevollmächtigte und Vorstandsvorsitzende informierte ihn ausführlichst über die Vorkommnisse in der Firma. Es hatte wieder mal Probleme mit der Gewerkschaft gegeben- sobald er zurück war, mussten sie neue Tarifverhandlungen einberaumen.

Außerdem war die Jojoba-Ernte aufgrund der vielen Niederschläge der letzten Monate nicht sehr gut ausgefallen. Jojoba wuchs am besten in trockenen Wüstengebieten wie in Arizona, von wo sie die ersten Pflanzen eingeführt hatten. Sie würden ihre

Vorräte aufstocken und die Produktion anderer Anbaugebiete in Argentinien oder Mexiko aufkaufen müssen, um über genügend Samen für die Cremes und Öle der neuen Saison zu verfügen.

Thiago nickte. Er hatte Ähnliches bereits vorhergesehen und einige Passiva verkauft, um genügend Mittel für den Einkauf der benötigten Rohstoffe bereitzuhaben.

„Und was machen die Verhandlungen mit den Parfümproduzenten in Südfrankreich?"

Er seufzte. Darum würde er sich morgen kümmern.

„Ich bin am Ball. Morgen Abend weiß ich etwas mehr, Joaquín. Wir werden auf alle Fälle versuchen, einen vorteilhaften Preis für die Essenzen zu bezahlen, die wir in Ecuador nicht herstellen können. Am liebsten wäre es mir, wir könnten die Franzosen dazu bringen, ihnen anstatt Devisen pflanzliche Gegenwerte zu liefern - ich werde ihnen eine Art Tauschhandel vorschlagen."

„Dann drücke ich dir morgen beide Daumen. Viel Glück und genieß die Provence!"

„Worauf du dich verlassen kannst, mein Lieber!"

Mit diesen Worten beendete er das Gespräch, und weil das Essen auch nach weiteren zehn Minuten nicht gebracht worden war, griff er wieder zum Telefon, um sich an der Rezeption über den langsamen Service zu beschweren.

Im Normalfall wäre seine Stimme um einige Dezibel lauter gewesen, aber da er wegen Annas Zusage immer noch sehr gut gelaunt war, beließ er es bei einer einfachen Zurechtweisung.

Übermorgen würde er sie wiedersehen. Endlich auf gleicher Höhe, endlich ohne ihren Fragen und ihren Fingern ausgeliefert zu sein.

Er machte den Fernseher an, suchte und fand einen spanischen Kanal, und genoss die romantischen Boleros, die sein Abendessen begleiteten. Und weil seine Gedanken doch immer wieder bei der Frau seines verstorbenen Vaters weilten, vergaß er auch nicht, die Tropfen einzunehmen, die auf dem Nachttischchen an sie erinnerten. Auch wenn er sich ziemlich lächerlich dabei vorkam - denn tatsächlich glaubte er kein bisschen an ihre Wirkung.

Dritte Begegnung

Die Verhandlungen in Grasse waren hervorragend gelaufen. Es mochte sein, dass es damit zu tun hatte, dass Thiago sich nicht nur körperlich besser fühlte, sondern so gut aufgelegt war, so viel Charme versprühte, dass er mit seiner Begeisterung einfach anstecken musste. Er hätte den schwierigsten Geschäftspartner davon überzeugt, es könnte ihm nichts Besseres passieren, als den Vertrag mit der Firma in Quito zu unterzeichnen.

Die Reise hatte sich auf jeden Fall gelohnt - selbst wenn alles andere schiefgehen sollte.

Er zupfte sich am Ohrläppchen. Sah sich im Rückspiegel an und freute sich, dieses Mal pünktlich und in besserer Verfassung zu sein. Nichts würde schiefgehen.

Am Morgen war er zum dritten Mal am Grab seines Vaters gewesen. Ganz genau wusste er nicht, wieso es ihn noch einmal dorthin gezogen hatte. Ebenso wenig verstand er, warum er mit seinem Handy Fotos von den Rosen und vom Grabstein gemacht hatte - als ob er die irgendjemandem zeigen wollte. Nein, es gab niemanden, mit dem er seine Nachforschungen geteilt hatte. Weder mit den Verwandten, die er sowieso sehr selten sah, noch mit seinem engsten Freund, Juan. Nicht einmal María

Elena, die in vielen Dingen seine Vertraute war, deren Stellenwert weit über dem einer Hausangestellten lag, sondern eher mit dem einer mütterlichen Freundin zu vergleichen war, wusste vom wahren Grund seiner Reise.

Sein Psychologe war der Einzige, der von Bernhards Existenz erfahren hatte. Aber auch ihm hatte er verschwiegen, dass sein Vater nicht mehr lebte und dass, was ihm von ihm blieb, nicht mehr war, als einige leblose, kalte, metallene Buchstaben auf einem Grabstein.

Und Anna. Anna, die zu seinem Vater gehörte. Gehört hatte. Die ihn lächelnd an der Haustüre erwartete, denn er war endlich ausgestiegen und hatte geklingelt.

„Bonsoir, Madame!"

Höflich verneigte er sich vor Anna und gab ihr einen etwas aus der Mode gekommenen Handkuss.

Anna war etwas perplex, ließ ihn aber gewähren und fragte sich im Stillen, welche Überraschungen der Abend noch bereithalten würde. Zunächst jedenfalls bemerkte sie erfreut, dass er ihr die Autotür aufhielt und nach ihr schloss und sich erst danach ans Steuerrad setzte.

„Ich habe mich sehr gefreut, dass Sie meine Einladung angenommen haben." Ohne sie anzusehen, hatte er das Auto gestartet und konzentrierte sich nun auf den Weg.

„Vielen Dank. Für mich ist es das erste Mal nach sehr langer Zeit, dass ich essen gehe.“

Sie sprach sehr leise. Thiago drehte am Knopf des Autoradios, um die Lautstärke anzupassen.

„Oder soll ich das Radio lieber ausschalten?“

„Nein nein, es ist schon recht.“

Nach einer kurzen Pause nahm Anna das Gespräch wieder auf.

„Wohin fahren wir eigentlich?“

Sie wollte unbeschwert klingen, aber Thiago hörte den etwas unsicheren, zweifelnden Unterton heraus.

„Haben Sie etwa Angst, dass ich Sie entführe?“

Im selben Moment, in dem er sich reden hörte, biss er sich auf die Zunge. Wie idiotisch war das denn!

Anna gab ihrer Stimme die verlorene Festigkeit zurück.

„Nein. Ich wüsste nicht, was mich interessant genug machen würde. Ich bin auf alle Fälle um einiges zu alt und hässlich, als dass Sie mich an jemanden verkaufen könnten.“

Ein bezauberndes, tiefes Geglückse begleitete ihren Satz.

Er sah sie kurz zweifelnd von der Seite her an, das erste Mal, seit sie unterwegs waren.

„Nicht schön genug? Zu alt? Ich fürchte, Sie unterschätzen den Geschmack der meisten Männer.“ Er schüttelte den Kopf.

„Anna, Sie sind interessanter UND schöner als ein junges Mädchen."

Gott sei Dank war es dunkel im Auto, denn Anna fühlte, wie sie rot wurde.

„Und jetzt erzählen Sie mir mal, weshalb Sie schon so lange nicht mehr auswärts essen waren."

Anna schluckte. Sie hatte gedacht, erwähnt zu haben, dass sie Witwe war, aber anscheinend war das bei einem anderen Patienten gewesen.

„Mein Mann starb vor drei Jahren. Die meisten unserer Freunde leben in Deutschland. Und ich gehe nicht gerne alleine essen."

Wieder sah er kurz zu ihr herüber.

„Das tut mir leid. Dann freue ich mich noch mehr darüber, dass Sie mir die Ehre erweisen."

Anna erinnerte sich an Letis Vermutung. Es könnte sein. Andererseits ...

Kurzentschlossen stellte sie ihm eine der vielen Fragen, die ihr im Kopf herumschwirrten.

„Weshalb sind Sie eigentlich nach Frankreich gekommen?

Er lächelte.

„Jedenfalls nicht, um hübsche Frauen zu kidnappen. Nein, ich musste Informationen über neue Geschäftspartner einholen und sofern es in meiner Macht stünde, auch einen Handelsvertrag abschließen."

Anna hob die Augenbrauen. „Hier in Sanary? Um welche Produkte geht es denn?"

„Sie sind schon ein bisschen neugierig, nicht?“ Sein Lächeln wurde breiter.

„Ich verspreche Ihnen, während wir zu Abend essen, gebe ich Ihnen Antworten auf alle Ihre Fragen.“ In Gedanken setzte er ein „fast“ davor.

„Lassen Sie mich nur einen Parkplatz suchen, und sobald wir am Tisch sitzen, dürfen Sie mich fragen, was Sie möchten.“ Und auch dieses Mal sprach er nicht aus, was er gedacht hatte: Fragen schon, aber beantworten werde ich nicht alle!

Nach wenigen Minuten hielt er auf einem freien Parkplatz gegenüber von einem der edelsten Restaurants der Gegend, Auberge du Port. Anna erinnerte sich noch an ihren letzten Besuch – sie hatten Bernhards sechzigsten Geburtstag gefeiert, nur zu acht – drei befreundete Ehepaare aus Deutschland waren zum Fest angereist. Sechs Jahre war das schon her, es war verrückt, wie die Zeit verging.

Schnell schob sie die Gedanken an das Gestern beiseite und entschloss sich, den Abend zu genießen.

Thiago ließ ihr den Vortritt ins Restaurant und rückte ihr galant den Stuhl zurecht, nachdem sie ausgesucht hatte, an welchem Tisch sie Platz nehmen wollten. Sie schmunzelte - der Unterschied zu einem anderen Essen, vor einem Jahr in Berlin, als sie sich mit einem ehemaligen Schulfreund getroffen hatte, war zu frappierend. Nicht dass es ihr etwas ausgemacht hätte, dass dieser zu essen anfing, bevor ihr Teller auf dem Tisch stand. Es war ihr nur aufgefallen, sie hatte es bemerkt, abgeheftet, vielmehr mental auf einem Zettel mit der Überschrift: „Warum ich nie wieder mit Alex zusammen sein werde" unter die bereits bestehende Liste gesetzt.

Alexander Vogelstein war einer ihrer Jugendfreunde - in den letzten beiden Jahren am Gymnasium waren sie unzertrennlich, hatten sich dann aber während einer Reise nach Griechenland so sehr gestritten, dass sie danach allen Kontakt abgebrochen hatte. Bis kurz nach Bernhards Tod, als er sie angerufen hatte, um ihr sein Beileid auszusprechen und sie zu trösten. In regelmäßigen Abständen waren danach Mails von ihm eingetroffen, die ihr guttaten, sie etwas von ihrer Trauer ablenkten und ihr manchmal sogar ein Lächeln entlockten. Über einen gewissen Zeitraum hinweg war die Vorstellung verführerisch, sich wieder in seinen Armen geborgen zu fühlen.

Thiago hatte ihr gegenüber Platz genommen und sah sie fragend an.

„Ein Königreich für Ihre Gedanken, Anna!"

Annas Lächeln wurde etwas weiter, erfasste nun ihre Augen, die sich mit seinen trafen.

„Ich fühle mich wohl. Und ich freue mich, dass ich Ihre Einladung angenommen habe."

„Ich mich auch. Ehrlich gesagt, weiß ich nicht, was ich getan hätte, wenn Sie nein gesagt hätten.

Wahrscheinlich hätte ich Sie so lange bedrängt, bis Sie einwilligen mussten."

„Ähnlich wie am Telefon, als Sie unbedingt einen Termin wollten. Für sofort. Am besten für gestern."

Er musste lachen.

„Stimmt. Es tut mir leid, wenn ich manchmal etwas harsch oder unfreundlich war."

Anna schüttelte leicht den Kopf.

„Nicht so schlimm. Sonst hätte ich Sie nicht behandelt. Jedenfalls wissen Sie genau, was sie wollen und sind daran gewöhnt, sich durchzusetzen."

„Ja, das stimmt. Mit dem Kopf durch die Wand, wenn es sein muss. Sie haben das ganz richtig erkannt, Anna. Trotzdem gibt es Momente, in welchen ich ganz anders bin. Wie beim letzten Mal, als sie sofort gemerkt haben, wie schlecht es mir ging."

Sie hob die Augenbrauen.

„Es ist besser jetzt, nicht? Wahrscheinlich ist eines nur die Kehrseite vom anderen. Einerseits ihre bemerkenswerte Sicherheit, andererseits das Gefühl, keine Kontrolle mehr über eine Situation zu haben und ihr hilflos ausgeliefert zu sein."

„Kann sein." Thiago überlegte kurz.

„Im Moment geht es mir sehr gut. Kein Wunder bei dieser Begleitung. Sie sehen heute Abend bezaubernd aus, Anna."

Anna lächelte. Wenn er wüsste, wie viele verschiedene Oberteile sie anprobiert hatte, die nun verstreut auf ihrem Bett herumlagen!

Am Ende hatte sie eine relativ schlichte, hellblaue Bluse ausgesucht, die unterschiedliche Knöpfe hatte - manche in Dunkelrot, andere in Dunkelblau und Weiß. Das sah irgendwie fröhlich aus. Was ihr aber am besten gefiel, war der Stoff. Fein, wie Seide. Ein fließendes, hellblaues Geschmeide. Um nicht zu elegant zu wirken, hatte sie die Bluse mit einer einfachen Jeans und flachen Ballerinaschuhen in Dunkelblau kombiniert.

„Vielen Dank, ich bin gar nicht mehr an Komplimente gewöhnt."

Thiago schüttelte den Kopf.

„Es tut mir sehr leid, dass Sie Ihren Mann so früh verloren haben."

Und nach einer sehr kurzen Pause:

„Sie hatten eine gute Ehe?"

„Ja, wir haben uns sehr gut verstanden. Er war ein außergewöhnlicher Mensch."

„Erzählen Sie mir von ihm?"

Anna zuckte mit den Achseln und seufzte.

„Bernhard war einige Jahre älter als ich. Vor drei Jahren hatte er einen Herzinfarkt, vorher ging es ihm perfekt. Er war sehr solidarisch, kämpfte für soziale Gerechtigkeit. Engagiert, furchtlos. Stark.

Mit Ecken und Kanten und einem sehr liebenswerten Kern. Unser Leben spielte sich in Berlin ab, er war Politiker und im Parlament tätig. Dann gab er von einem Tag zum nächsten alle Ämter ab und beschloss, nach Frankreich umzusiedeln. Er wollte endlich leben. Die Landschaft genießen. Das Meer. Mehr Zeit mit mir verbringen."

Ihre Augen füllten sich mit Tränen.

Thiago reichte ihr ein Papiertaschentuch und entschuldigte sich dafür, sie zum Weinen gebracht zu haben.

„Nein, nein. Es ist schon gut. Ich vermisse ihn nur so schrecklich. Ich hatte gedacht, mit der Zeit würde es besser werden."

Fragend sah er sie an.

„Und - wird es nicht?"

Sie schluckte. „Doch, schon. Ein bisschen."

Er beschloss, das Thema zu wechseln.

„Sie sind aber nicht aus Berlin, oder? Ich meine, wegen ihrer Sprache."

„Nein, ich bin aus einem kleinen Dorf in der Nähe von Stuttgart."

„Nicht etwa Hohenheim?"

„Nein. Wieso? Kennen Sie Hohenheim?"

Lächelnd erzählte ihr Thiago von seinem Masterstudium.

„Aber Sie konnten schon vorher Deutsch, nicht? War Ihre Mutter aus Deutschland?"

Er verneinte.

„Nein, meine Mutter ist aus Ecuador. Aber ich

war seit dem Kindergarten auf der Deutschen Schule in Quito."

Anna runzelte die Stirn.

„Einfach so? Ohne einen deutschen Hintergrund? Beachtlich. Sicher eine nicht sehr übliche Auswahl für eine Schule, oder?"

Thiago bestätigte. „Außergewöhnlich, ja."

Er schluckte. „Wie ihr Mann. Erzählen Sie mir noch ein bisschen von ihm, Anna?"

Sie wunderte sich. Er hatte genau bemerkt, wie schwer es ihr gefallen war, von Bernhard zu erzählen, ohne traurig zu werden. Ob Leti doch Recht hatte? Ob er sie ausquetschte, um die Informationen später in einem Artikel oder einem Buch zu verwenden?

„Weshalb interessiert Bernhard Sie so sehr? Was genau machen Sie beruflich? Sind Sie Journalist und wollen über meinen Mann schreiben?"

Anna war etwas ungehalten. Er schüttelte entschieden den Kopf.

„Nein, nein. Keineswegs. Entschuldigung. Nein, ich bin für meine Firma, die Kosmetika herstellt, in Verhandlungen mit Parfümproduzenten in Grasse."

Anna hob ihre Augenbrauen.

„Und?"

Er nickte langsam. „Ich konnte gestern einen sehr wichtigen Geschäftsbeschluss unterzeichnen. Wie werden verschiedene Essenzen aus Frankreich importieren."

Endlich kamen die beiden Champagnergläser, die er kurz nachdem sie sich hingesetzt hatten, bestellt hatte.

„Lassen Sie uns darauf anstoßen, Anna!"

Die Gläser klirrten, während Anna ihm gratulierte. Er hob gleich nochmal sein Glas.

„Und auf eine sehr besondere Frau. Die meine Kopfschmerzen geheilt hat."

„Danke, es freut mich, dass ich Ihnen helfen konnte."

„Ja, ich habe nur ein Problem: Dass ich in wenigen Tagen schon wieder zurückfliege. Meinen Sie, Sie könnten mich diese Woche noch einmal behandeln, Anna?"

Anna nickte.

„Ich werde schon einen Termin für Sie finden, keine Sorge. Aber denken Sie nicht, wir sollten langsam unser Essen aussuchen?"

Der Ober umschwirrte sie ungeduldig seit einer ganzen Weile.

Beide versenkten ihre Köpfe endlich in die Speisekarte, Thiago allerdings hob von Zeit zu Zeit den Kopf, um Anna zu betrachten. Sie hingegen tat, als ob sie seine Blicke nicht wahrnehmen würde, und las die Menüvorschläge zum dritten Mal von vorne bis hinten durch, ohne dass die Buchstaben zu Worten mutierten, die irgendeinen Sinn ergaben.

Was war nur mit ihr los? Er würde bald wieder

auf der anderen Seite der Erdkugel mit anderen Frauen essen gehen. Und nicht nur das.

Es hatte also keinerlei Bedeutung, was sie dachte oder fühlte. Und vor allem machte es keinen Sinn.

Aufs Geratewohl suchte sie schließlich ein Gericht aus, das sie noch nie probiert hatte. Warum nicht?

Nachdem sie ihr Essen bestellt hatten, ergriff Anna als erste das Wort.

„Und Sie? Sind Sie verheiratet?"

Sie hatte längst gemerkt, dass er keinen Ring trug, was allerdings in letzter Zeit keinen Rückschluss mehr auf den Familienstand zuließ. Gott sei Dank klang es genauso locker, wie sie es gewollt hatte. Beiläufig.

Thiago schüttelte den Kopf.

„Nein. Und ich habe auch keine feste Freundin. Ich lebe allein, besser gesagt im Haus meiner Mutter mit unserer Haushälterin."

Anna hob erstaunt die Augenbrauen.

„Ist das in Ecuador üblich? Also keine Zugehfrau, sondern jemand, der ständig im Haus lebt? Oder? Wie muss man sich das vorstellen?"

„María Elena lebt schon immer bei uns. Seit ich denken kann. Sie gehört zur Familie und kümmert sich um den Haushalt - meine Mutter hatte keine Zeit dafür und war ebenso seit ihrer Kindheit daran gewöhnt, von Hausdame und Köchin umsorgt und verwöhnt zu werden. Außerdem stand meine Mutter der Firma vor und war den ganzen Tag über entweder im Büro oder im Labor oder auf den Plantagen beschäftigt. Man könnte also durchaus sagen, dass María Elena die wichtigste Frau in meinem Leben ist."

Thiago grinste.

Anna hakte nach: „Ich dachte, sie sind im Einkauf für eine Kosmetikfirma tätig? Ist das etwa ..."

Er vollendete nickend ihren Satz. „Ja, es ist meine Firma. Ich habe sie nach dem Tod meiner Mutter übernommen. Und da ich keine Geschwister habe, bin ich alleine verantwortlich für alle Entscheidungen.

Sie nickte. „Und das kam etwas plötzlich, nicht? Und ist auch noch nicht sehr lange her. Kein Wunder, dass Sie Kopfschmerzen haben."

In Gedanken fügte sie „und Angstzustände" hinzu.

„Es ist aufregend, ja. Und spannend. Aber es gibt noch viele Dinge, die ich lernen muss, und Abläufe, die mir nicht vertraut sind. Abgesehen davon ist die wirtschaftliche Lage instabil, wie in allen südamerikanischen Ländern, und wir haben Probleme mit der Gewerkschaft."

Er seufzte.

„Das erste, worum ich mich nach meiner Rückkehr kümmern muss, sind die Verhandlungen mit den Delegierten. Uff!"

Er hob den rechten Arm und kratzte sich ungeniert am Kopf. Dann lehnte er sich etwas im Stuhl zurück.

„Aber was erzähle ich Ihnen denn da! Ein langweiligeres Thema kann ich mir kaum vorstellen!“

Anna schüttelte den Kopf.

„Ich freue mich, endlich etwas mehr über Sie zu erfahren. Sie sind nämlich ziemlich introvertiert und waren mir zugegebenermaßen sogar etwas unheimlich.“

„Unheimlich?“ Thiago lachte.

Anna ärgerte sich sofort, ihm ihre Gedanken verraten zu haben, und verteidigte sich.

„Außerdem haben Sie mir nie erzählt, wer Sie zu mir geschickt hat. Und Sie haben sich bei mir zuhause umgeguckt, als ob Sie nach Wertsachen Ausschau hielten, die sie bei einem Einbruch mitnehmen könnten!“

„Ein Einbrecher? Sie haben gedacht, ich bin ein Einbrecher?“ Thiago prustete los und wischte sich mit der Serviette ein paar Lachtränen aus den Augen.

„Was ist daran so lustig?“

Streng musterte sie ihn und fragte dann zum bestimmt dritten oder vierten Mal, seit sie ihn kannte: „Wer hat sie zu mir geschickt, Thiago?“

Er konnte sich das Lachen immer noch nicht verkneifen.

„Niemand. Sie haben Recht. Sie wären vielleicht eine gute Detektivin geworden, hahaha!“

„Und wie sind Sie dann auf meinen Namen gekommen?“

Entrüstet schüttelte sie den Kopf. Allerdings war ihr Ärger inzwischen etwas gespielt und sie unterdrückte mit einiger Mühe ein Grinsen.

„Na, der stand doch so schön auf dem Schildchen neben der Klingel. Und wie nett, dass die Telefonnummer auch gleich dabei war. Im Übrigen sollten Sie die wirklich entfernen, wenn Sie nicht möchten, dass ein harmloser Spaziergänger sich diese notiert.“

„Harmloser Spaziergänger? Ja? Ich glaube immer noch, dass Sie mir einige Tatsachen verschweigen.“

Thiago streichelte schon seit einer ganzen Weile sein linkes Ohrläppchen.

„Hmmm ...“

Anna beschloss, direkt ins Schwimmbecken zu springen, auch wenn eventuell kein Wasser drin sein sollte. Jetzt war es sowieso egal. Sie hatte ihn zumindest bei einer Lüge überführt. Niemand hatte sie weiterempfohlen.

„Warum haben Sie mich zum Essen eingeladen, Thiago?“

„Oh ... Weil ich Sie besser kennenlernen wollte.“

Anna runzelte die Stirn.

„Und warum? Warum wollten Sie mich besser kennenlernen?"

„Weil ... Es ist schwierig, Anna."

Bei diesen Worten ließ er sein Ohrläppchen los und legte seine linke Hand auf ihre rechte. Dann sah er ihr direkt in die Augen und sie wusste immer weniger, was sie von ihm halten sollte. Homosexuell war er jedenfalls nicht.

Ihre Augen blickten ihn fragend an.

„Vielleicht sind Sie noch nicht bereit für eine neue Beziehung. Aber ich habe mich in Sie verliebt, gleich beim ersten Mal, als Sie mich behandelt haben. In sechs Tagen fliege ich zurück nach Quito. Es geht nicht anders. Und es tut mir leid, dass ich Sie so überfalle, aber ich musste es wenigstens versuchen. Falls Sie meinen, ich darf mir Hoffnungen machen, könnte ich in sechs Wochen wieder hier sein und einige Tage bleiben. Damit wir uns besser kennenlernen."

Anna schluckte. Sie war total überfordert und wusste weder, was sie wollte, noch, was sie nicht wollte. Zeit. Sie schüttelte den Kopf.

„Aber Thiago, wie stellen Sie sich das vor? Sie leben auf der anderen Seite der Welt. Und Sie sind neun Jahre jünger als ich."

In diesem Moment brachte der Ober ihre Teller. Sie zog schnell die Hand weg und legte die Serviette auf ihren Schoss. Er tat es ihr nach.

„Das sieht sehr gut aus. Lassen Sie es sich schmecken, meine Liebe!“

„Guten Appetit.“ Mit einem erleichterten Stoßseufzer begann sie, den Fisch zu zerteilen.

Nach den ersten paar Bissen beantwortete er ihre Frage. „Es ist mir vollkommen egal, wie alt Sie sind. Und Sie könnten mich ja auch in Ecuador besuchen. Waren Sie jemals in Südamerika? Aber nein, vorher wollte ich Sie eigentlich noch etwas anderes fragen, etwas wichtigeres: Haben Sie Kinder?“

Anna schüttelte den Kopf.

„Nein. Es sollte wohl nicht sein.“

Er seufzte. „Vielleicht besser so. Es wäre sicher nicht einfach für Ihre Kinder, mich zu akzeptieren.“

„Sie sind wirklich unglaublich! Wir kennen uns seit drei Tagen und Sie überlegen so etwas. Und ich habe mich noch nicht einmal geäußert, was ich überhaupt davon halte. Geschweige denn, ob Sie mir gefallen.“

Thiago sah sie mit seinen glühenden, dunklen Augen an und sagte gar nichts mehr.

Er sah sie nur an. Versenkte seinen Blick in ihr, und obwohl sie zu gerne die Augen niedergeschlagen hätte, konnte sie nicht anders, als ihm Einblick in ihr Innerstes zu gewähren.

Dann nahm er die Gabel aus ihrer Hand, legte sie vorsichtig auf den Teller und küsste ihr Handgelenk. Zart, vorsichtig.

„Ich will Ihre Traurigkeit besiegen. Ich weiß, dass ich es kann. Wenn Sie mich lassen."

Anna hob ihre Schultern. „Im Moment kann ich nicht klar denken. Entschuldigung."

Er ließ ihre Hand wieder los und strich sich über die Augen.

„Ach, Anna! Ich weiß, dass ich Ihnen gefalle, auch wenn Sie es nicht zugeben werden. Und ich fühle, dass es Ihnen nicht anders geht als mir. Sie lassen es nur nicht zu."

Anna aß schweigend weiter. Ihr Sektglas war inzwischen leer, sie hatte vor lauter Verlegenheit immer häufiger daran genippt. Kein Wunder, dass sich ihr Kopf etwas benebelt und benommen anfühlte.

Als Thiago mit dem Finger schnippte und ein weiteres bestellen wollte, lehnte sie ab. Er zog sie an, das stimmte - aber im selben Moment hatte er etwas, was sie abstieß - wie dieses überhebliche Schnipsen, um den Ober zu rufen. Er war arrogant. Eingebildet. Dennoch fühlte sie sich geschmeichelt, und wenn sie ehrlich war, schlug auch ihr Herz etwas schneller.

Sie musste sich zusammennehmen. Dieser Mann war gefährlich und sie hatte mehr zu verlieren als zu gewinnen. So verrückt wie er heute nach ihr war, so schnell könnte er sich für eine andere Frau begeistern. Und was wäre dann mit ihr, wenn sie sich auf diese absonderliche Geschichte eingelassen hätte? Nein, es war vollkommen unmöglich.

Sie bat ihn, besser ein Mineralwasser ohne Kohlensäure zu bestellen. Sie wollte einen klaren Kopf behalten. Oder zumindest ihren nicht noch mehr durcheinanderbringen.

„Anna, waren Sie jemals in Südamerika? Und wieso heißen Sie Martínez?"

„Meine Großeltern väterlicherseits sind von Spanien nach Deutschland ausgewandert, noch vor der Geburt meines Vaters. Ich bin also schon die zweite Generation, die in Deutschland zur Welt kam, und dementsprechend ist auch mein Spanisch nicht mehr ganz so perfekt."

Sie lächelte.

„Meine Mutter ist aus Stuttgart, eine echte Schwäbin, und ich bin aus Grafenau, einem kleinen Dorf in der Nähe von Sindelfingen - ich weiß nicht, ob Ihnen das ein Begriff ist, da, wo die große Fabrik von Mercedes steht."

Sie war heilfroh, dass das Thema endlich andere Gefilde erreicht hatte, und merkte zwar, dass sie etwas zu viel redete, aber Hauptsache, sie bekam wieder mehr Luft.

„In Südamerika waren wir nur ein einziges Mal. Allerdings nicht in Ecuador, sondern in Argentinien. Ein herrliches Land. Mein Mann war mit einer ganzen Gruppe von Politikern von einer Stiftung eingeladen worden, und ich begleitete ihn. Im Anschluss an seine beruflichen Verpflichtungen sind wir noch etwas im Land herumgereist. Zuerst besuchten wir die Wasserfälle in Iguazu - kennen Sie die?“

Wie ein Wasserfall redete sie, blubberte und sprudelte und wartete auch nicht auf Thiagos Antwort auf ihre eben gestellte Frage.

„Danach waren wir auf der Península Valdés, haben Wale gesehen und Seehunde, und ganz am Ende auch noch im Norden Argentiniens. Ich erinnere mich nicht mehr genau an die Namen der Städte, ich weiß nur noch, dass es erst dort so aussah, wie ich mir Südamerika vorgestellt hatte. Bernhard konnte auch ein bisschen Spanisch, denn er war nach seinem Studium einmal für zwei Jahre an der Botschaft in Quito tätig.“

Thiago hob fragend die Augenbrauen.

„Ja, tatsächlich, das war mir ganz entfallen. Er kannte ihr Land.“

Bei diesem Gedanken wurde ihr warm ums Herz.

Thiago schluckte. Jetzt. Jetzt war der richtige Moment, um es ihr zu sagen.

„Das Spanisch dort ist allerdings ziemlich anders als das, was ich gelernt habe. Aber wir konnten uns perfekt verständlich machen. Und eigentlich hatte es uns so gut gefallen, dass wir im Jahr danach wiederkommen wollten. Aber wie es so oft ist, kam etwas dazwischen, und es blieb bei diesem einen Mal.“

Der Moment war vorbei. Innerlich wand sich

Thiago beim Gedanken an das offenbarende Gespräch, das er nicht mehr lange hinauszögern durfte. Zum ersten Mal spielte er mit der Möglichkeit, es ihr zu verschweigen. Für immer und ewig.

Aber war das eine gute Voraussetzung für eine Zukunft mit Anna? Die er sich immer heftiger wünschte?

Der Ober näherte sich ihrem Tisch mit der Speisekarte. „Möchten die Herrschaften ein Dessert zu sich nehmen?“

Anna verneinte. Sie hatte bereits mehr gegessen, als ihr Magen gewöhnt war. „Nein danke. Ich nehme nur noch einen kleinen Kaffee.“

Thiago bestellte zwei Espressi und bat um die Rechnung. Dann stützte er den Ellenbogen auf und legte den Kopf schräg auf seine offene Handfläche. Auf einmal sah er wieder ziemlich jung aus. Sehnsüchtig suchten seine Augen ihren Blick, aber sie schlug die Augen nieder und wünschte sich nach Hause.

„Anna. Sie sind wunderschön“ Seine Stimme klang rau.

Er war hartnäckig. Sie hatte ihm nicht den kleinsten Hinweis darauf gegeben, wie schnell ihr Herz schlug und wie sehr sie sich trotz aller Abwehr nach seiner Umarmung sehnte. Außer dem Blick in ihre Augen bis auf den Grund ihrer Seele, welchen er erschreckenderweise richtig interpretiert hatte.

Nachdem er bezahlt hatte, stand er auf und zog Annas Stuhl etwas nach hinten, um ihr das Aufstehen zu erleichtern. Dann legte er leicht seinen Arm um ihre Schultern, und sie ließ es zu, dass er sie so durch den Ausgang bis zum Auto geleitete. Zum ersten Mal nahm sie sein Parfüm wahr und fühlte sich unsicher und zittrig wie als junges Mädchen. Irgendetwas stimmte nicht mit ihr!

Auf dem Weg zu Annas Haus hingen beide ihren Gedanken nach, und Thiago überlegte, ob sie ihm eine Ohrfeige versetzen würde, falls er versuchen würde, sie zu küssen.

Es war ihm egal. Das Risiko würde er auf sich nehmen.

Als er vor ihrem Haus anhielt und sich Anna für den schönen Abend bedankt hatte, streichelte er sanft ihre Haare. Sah ihr wieder auf seine unerklärlich betörende Weise in die Augen. Berührte dann sachte mit den Fingerspitzen ihre Lippen, fuhr deren Konturen nach und strich ihr als nächstes über die Wangen, die Schläfen, die Augenlider. Wie ein Blinder, der mit den Fingerkuppen sieht, schoss es ihr durch den Kopf. Er atmete schwer und sie - gar nicht. Sie hatte den Atem angehalten und hoffte, er würde immer so weiter streicheln, nicht mehr aufhören damit. Vielleicht konnte er ihre Gedanken lesen. Er erkundete ihre Ohrläppchen, erforschte Zentimeter um Zentimeter ihr Gesicht, ihre Kopfhaut, ihren Hals. Er öffnete die Augen weit, wollte zum Fühlen das Sehen addieren. So bewusst genießen, wie es nur ging.

Ihre Augen allerdings ertrugen die Nähe zum Anderen, zum Fremden nur, wenn sie sie geschlossen hielt. Irgendwann hob er ihr Kinn an und näherte seinen Mund ihren Lippen. Mit einem Seufzer ließ sie es zu, dass er sie berührte, voneinander trennte, in ihrem Mund mit seiner Zunge ihre suchte. Lebendige Wesen, die einander umschlangen und ohne Sprache endlich ausdrücken konnten, wie sehr sie sich begehrten.

Sie erinnerte sich nicht daran, wie andere Küsse schmeckten, wusste nicht einmal mehr mit Bestimmtheit, ob sie überhaupt jemals geküsst hatte.

Irgendwann stiegen sie aus, irgendwann brachte er sie bis zur Haustür.

Irgendwann fragte er sie, ob er mit hereinkommen könne.

Sie

Sie hatte vollkommen ihre allmorgendliche Meditation vergessen. Thiago war vor einer halben Stunde gegangen und Anna tanzte durchs Haus und fühlte sich, als ob sie fliegen könnte.

Es war Sonntag. Das Wetter war traumhaft, sie hatte alle ihre Prinzipien und Moralvorstellungen über Bord geworfen und war glücklich. Bernhard würde sich freuen, sie so zu sehen. Sicher! Wenn sie etwas wusste, dann, dass er es hasste, sie traurig zu sehen. Seine Liebe war bedingungslos, unerschütterlich, weiter als sein Egoismus oder seine Eifersucht. Er liebte sie. Punkt. Es war egal, was sie tat, welche Farbe ihre Haare hatten, wie dick oder wie dünn sie war. Er liebte sie. Unabänderlich, unbeirrbar, unendlich. Bernhard hätte alles andere gewollt, als sie verzweifelt und hoffnungslos zu wissen. Sie hatte genug geweint. Es wurde Zeit, wieder zu leben.

Zu lieben. Sich lieben zu lassen. Allein der Gedanke an die vergangene Nacht ließ sie erröten. Sie hatte keine Erklärung dafür, wie sie es zulassen konnte, dass sie so schnell, ohne ihn besser zu kennen, die Nacht mit Thiago verbracht hatte. In ihrem Schlafzimmer, in ihrem Ehebett, das endlich wieder zwei Körpern Ruhestätte sein durfte. Liebeslager. Himmel.

Thiago.

Sein Name zerfloss auf ihrer Zunge wie ein Stückchen Schokolade, nein, wie eine Trüffelpraline mit der zartesten, verlockendsten, wohlschmeckendsten Füllung der Welt.

Thiago.

Natürlich war es verrückt. Und Leti würde beide Hände über dem Kopf zusammenschlagen, wenn sie ihr davon erzählen würde. Auch die Stimme in ihr, die warnend wie ein Stopplicht unablässig blinkte und versuchte, ihre Aufmerksamkeit auf sich zu lenken, wurde entschlossen unterdrückt und ignoriert. Heute war kein Tag für düstere Überlegungen. Heute wollte sie feiern und fühlte sich lebendig und jung.

Außerdem würde er sie in drei Stunden abholen. Sie wollten nach Le Castellet fahren, einem mittelalterlichen Städtchen, das etwa 30 km von Sanary entfernt auf einem Berg lag, von welchem man eine unvergleichliche Aussicht auf die wunderschöne provenzalische Landschaft hatte.

Es stimmte, dass er nur noch wenige Tage in Frankreich bleiben würde. Aber heute war ihr das egal. Heute würden sie zusammen sein, reden, sich ansehen, sich an der Hand halten. Sich genießen. Alles andere war inexistent. Nur heute.

Sie musste lächeln. Ihre Yogalehrerin versuchte seit Jahren, ihr zu erklären, wie wichtig es war, den

Moment zu leben. Nicht nach vorne oder zurück zu denken, sondern ganz bewusst die Gegenwart zu spüren.

Und die Vergangenheit loszulassen.

Es war ihr nie besonders gut gelungen. So sehr sie Yoga liebte und so diszipliniert sie ihre morgendlichen Meditationen durchführte, das Loslassen machte ihr Schwierigkeiten. Und das Alleinsein war zwar inzwischen keine Einsamkeit mehr, aber es fühlte sich auch nicht richtig an.

Den Moment genießen. Heute Nacht hatte sie jede Sekunde als Ewigkeit empfunden. Sie hatte aufgehört zu denken und zu analysieren, hatte alle Vorbehalte vergessen und nur noch gefühlt. Hatte ihre Grenzen weitergesteckt. Nein, annulliert.

Sie hatte ihn in sich aufgenommen, ihn umschlossen, als sei das ihre einzige Bestimmung auf der Welt. Als sei sie sein Zuhause. Und er hatte sie ausgefüllt und erfüllt wie Adam das allererste weibliche Wesen. Eva. Es gab nichts Wichtigeres, nichts Weiteres mehr im Paradies. Nur das Verschmelzen mit dem Anderen. Das Einswerden im Körper, im Geist, im ursprünglich Unendlichen, wo Leben und Tod auf einmal das Gleiche bedeuteten.

Anna hatte geweint, auf dem Gipfel der Lust hatten ihre Tränen den Geschmack nach Erde, nach Himmel, nach Verzweiflung und Sehnsucht. Bernhard war tot. Sie aber lebte.

Was geschehen war, war geschehen. Und egal was daraus werden würde, sie würde es nie bereuen.

Er

Am liebsten hätte er den ganzen Tag mit Anna verbracht. Im Bett. Dieses Bergdorf war ihm völlig egal. Aber beim Frühstück auf der Terrasse hatte er gespürt, dass sie etwas Zeit für sich alleine brauchte, um die vergangene Nacht zu überdenken. Und er hatte es nicht fertiggebracht, ihrer Begeisterung, ihm in den noch verbleibenden Tagen „ihre" Lieblingsplätze zu zeigen, einen Dämpfer zu verpassen. Also hatte er eingewilligt und fuhr ins Hotel zurück.

Nun lag er auf dem Rücken auf seinem Bett und alles fühlte sich falsch an.

Obwohl er es sich gewünscht und ausgemalt hatte, mit Anna zu schlafen, hatte ihn ihre Bereitwilligkeit überrascht. Nicht, dass er es nicht genossen hätte. Er würde nichts lieber tun, als in den Tagen bis zu seinem Abflug ihren Körper zu erforschen wie einen neuen Kontinent, bis er jeden Hügel, jede Delle, jeden Flusslauf und alle Nebenstraßen, alle Leberflecken und Narben und weichen Rundungen auf einer imaginären Karte aufgezeichnet hätte. Mit der Windrose, die ihm die Himmelsrichtungen angab und alle verschlungenen Wege ins Paradies. Wo sie sich ihm hingegeben hatte, wie – da stockten seine Gedanken. Wie seinem Vater. Und vielleicht noch anderen.

Nervös und wütend ging er ins Bad und durchbohrte sich mit seinen eigenen Blicken im Spiegel. Er hasste sich. Wusste sich unfair und gemein. Betrogener Betrüger.

Wieso fühlte sich die Eroberung dieser speziellen Frau so schal an? Weil sie so schnell, zu schnell ja gesagt hatte? Hatte nicht er sie bedrängt und keine Zurückweisung akzeptiert? Hatte sie nicht genau das getan, was er sich erträumt hatte?

Er hatte mit seiner Stiefmutter geschlafen. Stopp. Sie war nicht seine Stiefmutter, sie wusste nicht einmal, wer er in Wirklichkeit war. Weshalb gab er dennoch ihr die Schuld? Warum ärgerte er sich, dass sie seinem Vater so schnell, so einfach untreu geworden war? Warum zerfleischte ihn nun die Eifersucht, auf alle anderen, die jemals ihre Lust entfacht und gestillt hatten?

Thiago lief wie ein eingesperrtes wildes Tier vom Bad ins Schlafzimmer, vom Schlafzimmer ins Bad und wieder zurück, ging zum Fenster, starrte hinaus, öffnete es weit, atmete heftig ein und aus und wieder ein und wieder aus.

Zog Hemd, Hose und Unterhose aus, warf sie zornig auf den Boden, ging zurück ins Bad, unter die Dusche und drehte den Wasserhahn auf eiskalt.

Er war ein Idiot. Vielleicht brachte ihn die Kälte zur Vernunft. Auf alle Fälle fühlte sie sich an wie Bestrafung. Genau was er beabsichtigt hatte.

Nach dem Abtrocknen ging es ihm etwas besser. Heute noch würde er ihr endlich beichten, was ihm wie Verrat unter den Nägeln brannte. Wenn sie ihn danach nicht wiedersehen wollte, würde er den Brief seiner Mutter verbrennen, gemeinsam mit allen Gedanken an seinen Vater. Und an Anna. Auslöschen. Vielleicht wäre das sogar das Beste.

Vierte Begegnung

Sie merkte sofort, dass etwas nicht stimmte. Der Thiago, dem sie die Tür öffnete, war ein anderer als der, hinter welchem sie sie vor wenigen Stunden innerlich jauchzend geschlossen hatte.

„Schlechte Nachrichten aus Ecuador?"

Statt sie in die Arme zu nehmen und durch die Luft zu wirbeln, wie sie es sich vorgestellt hatte, drückte er einen kurzen Kuss auf ihre Wange. Steile Falten über seiner Nasenwurzel sprachen von Anspannung und addierten so viele Jahre zu seinem Alter, dass sie sich plötzlich jünger fühlte als er. Unbeschwerter. Unschuldiger. Unbedarfter.

„Was ist los, Thiago? Was ist passiert?"

Am Spiel seiner Kaumuskeln sah sie, dass er die Zähne zusammenbiss.

Er sagte immer noch kein Wort. Sah sie nur an, und obwohl sie Wärme und Liebe in seinen Augen erkennen konnte, war da noch etwas anderes. Etwas Dunkles, Klagendes, Anklagendes.

„Hast du wieder eine Panikattacke?"

Das „Du" war immer noch neu und ungewohnt. Anna wusste genau, dass es etwas anderes war, er sollte nur endlich seinen zusammengekniffenen Mund öffnen und mit ihr reden.

Er schüttelte langsam den Kopf.

„Sollen wir lieber hierbleiben? Anstatt in Le Castellet zu essen, kann ich uns was Feines kochen, ja? Wir können genauso gut hier reden und es uns gemütlich machen."

Ihre Gedanken überschlugen sich, einzelne Wortfetzen, düstere Ahnungen stoben in ihrem Gehirn durcheinander, klirrten an die gläserne Blase aus Glück, die sich dort gebildet hatte, zerfraßen das bunte Gewebe, das ihre Einsamkeit seit gestern Nacht umwickelt und gewärmt hatte.

Er bereute, was geschehen war, es war nicht so berauschend, befriedigend, erfüllend gewesen, wie er sich es vorgestellt hatte, er war verheiratet, er war in Wirklichkeit doch schwul, er hatte Aids, er war krank, er musste früher zurückreisen, er könnte in sechs Wochen nicht wiederkommen, sie war ihm zu alt, zu hässlich, zu uninteressant, zu unscheinbar. Er liebte sie nicht. Er liebte sie nicht. Er liebte sie nicht. Er liebte sie nicht. Er liebte sie nicht.

Wie ein Sprung auf einer Langspielplatte, lange vor den CDs, blieb die Nadel in der Rille hängen, der verheerendsten Lücke, dem tiefsten Abgrund, der manche Menschen bis zur Selbstaufgabe trieb, zum schlimmsten vorstellbaren Ende.

Nicht sie, nein, aber ihre Freundin Birgit. Hatte sich umgebracht, mir nur siebzehn Jahren, wegen einem Jungen, der sie versetzt hatte. Einem lächerlich unwichtigen, egozentrischen Kerl, der keine einzige Träne wert war.

Anna hatte es nie nachvollziehen können. Diese Verrücktheit. Diese Schwäche.

Ihre Knie zitterten.

Alles, nur das nicht. Bitte, Engel, Götter, wenn es Euch gibt, tut mir das nicht an, alles andere, nur lasst mich seine Liebe nicht verlieren.

Anna war über sich selbst mehr als entsetzt, über das Stoßgebet, das den fremden Mann ihr gegenüber zum Thema hatte. Der gerade mal eine Nacht mit ihr verbracht hatte. War sie vollkommen durchgedreht?

Thiago sah die Angst in Annas Augen, holte tief Luft und atmete hörbar laut durch den Mund aus.

„Es tut mir leid."

Anna runzelte verständnislos die Stirn.

„Was? Was tut dir leid? Ich versteh´ nicht."

„Es gibt etwas, was ich dir noch nicht gesagt habe. Es tut mir leid, dass ich es bisher noch nicht geschafft habe, es dir zu sagen."

Anna schüttelte ungläubig den Kopf und ging einige Schritte zurück, Richtung Wohnzimmer.

Thiago folgte ihr langsam. Hielt den Abstand immer auf denselben zwanzig, dreißig Zentimetern.

„Du ... du bist verheiratet?" Anna stammelte leise.

Thiago schüttelte den Kopf. Langsam und ruhig.

„Du liebst mich nicht?“ Sie wollte etwas ganz anderes sagen, aber nun war es heraus.

Er streckte seine Hand nach ihr aus und strich ihr mit einer Zärtlichkeit, die ihr die Tränen in die Augen trieb, über die Haare.

„Doch. Ich fürchte doch. Ich liebe dich.“

Anna schluckte. Alles war nicht so schlimm. Egal, was kommen würde, er liebte sie. Und sie war definitiv verrückt.

Sie schloss kurz die Augen, seufzte tief auf und griff nach seiner Hand, die immer noch ihren Kopf berührte. Die Handinnenfläche war warm und weich, sie legte sie auf ihre Wange und dann an ihren Mund, atmete sehnsüchtig seinen Geruch ein, bedeckte sie mit zarten Küssen.

Thiago atmete geräuschvoll tief ein.

„Anna. Anna. Setz dich lieber hin und hör mir zu.“ Er entzog ihr seine Hand und nahm ihr gegenüber Platz.

„Zuerst möchte ich einen Kuss.“ Annas Erleichterung hatte eine bezaubernde Mischung an Verspieltheit und Trotz ans Licht gebracht.

Er schüttelte zwar lächelnd den Kopf, lehnte sich aber doch so weit zu ihr, dass ihre Lippen sich berührten. Bevor er wusste, wie ihm geschah, lagen sie verschlungen und schwer atmend auf dem Sofa. Sie streichelte seinen Po, hatte mit ihren Händen längst den Hosenbund unterwandert, stöhnte und rieb sich an ihm, dass er vollkommen hilflos ihrer beider Lust ausgeliefert war. Es war unmöglich, voneinander abzulassen, unmöglich, einen klaren Gedanken zu fassen. Sie streifte mit den Füßen ihren Rock ab, zerrte mit beiden Händen am hellblauen Slip, bis er nur noch an einem Fuß hing, spreizte ihre Beine weit, das eine über die Sofalehne gebeugt, und drängte sich ihm entgegen. Ohnmächtig fremdbestimmt, hart und besessen fand sein Glied den feuchten Weg in ihre Grotte und im Taumel der Lust bewegten sich beider Körper in immer schnellerem Rhythmus. Aufeinander abgestimmt, wie ein zweigeteiltes Wesen, das endlich wieder eins wird.

Ohne jegliche Mühe synchron verschmolzen ihre Schreie auf dem Höhepunkt.

Anna. Thiago. Anna. Thiago.

Es klang wie Santiago. Dachte Thiago und sagte das auch, als er erschöpft, verschwitzt und glücklich in den Armen Annas wieder zur Besinnung kam.

Sie lachte laut. „Stimmt. Santiago." Und dachte, dass sie ein Kind von ihm wollte. Einen Jungen. Santiago.

Und nach einer kurzen Pause:

„So. Jetzt sag mir, was du mir unbedingt sagen wolltest, vorhin."

Thiago strich sich über die Augen.

„Versprich mir zuerst, dass du mich nicht hassen wirst."

„Hassen? Niemals. Ich liebe dich doch."

Es war das erste Mal, dass sie es gesagt hatte. Und sie wusste, dass es stimmte.

Thiago wurde ernst.

„Weißt du noch, als du mich vor der ersten Behandlung nach meinen Eltern gefragt hast?"

Anna nickte.

„Und du erinnerst dich daran, dass ich dir gesagt hatte, ich hätte meinen Vater nie kennengelernt?"

Anna zuckte mit den Achseln. „Ja, und?"

Er zupfte sich am Ohrläppchen.

„Und ... du hast mir selbst gesagt, dass dein Mann zwei Jahre in Quito an der Botschaft war..."

Anna stutzte. Überlegte. Strich sich über das Kinn. Riss dann weit die Augen auf und stammelte:

„Du... du ...du meinst, du bist sein Sohn?"

Ungläubig starrte sie ihn an.

„Ich meine es nicht. Ich bin es."

Anna hatte das Gefühl, ihr Herz bliebe stehen. Sie hatte den Atem angehalten und erstarrte.

Thiago wartete.

Sie bewegte sich nicht, aber etwas in ihrem Bauch rumorte und polterte.

Sie presste ihre Bluse an sich und rannte zur Toilette. Und übergab sich dort.

Er überlegte kurz, ob er ihr ins Bad folgen sollte, ließ es aber doch lieber bleiben. Vorsichtshalber zog er sich Unterhose und Hose an und erwartete sie, barfuß und mit nacktem Oberkörper, den Kopf auf beide Hände gestützt und mit den Ellenbogen auf den Knien, trotz der Anspannung ein wenig erleichtert. Endlich war es heraus. Jetzt lag die Entscheidung bei ihr.

Erst nach langen Minuten kam Anna aus dem Bad und blieb an der geöffneten Wohnzimmertür stehen, mit einem fest über dem nackten Körper verschnürten hellblauen Bademantel, der nur ihre Knöchel nicht verhüllte.

„Ich glaube, du solltest jetzt gehen."

Mit leiser aber entschlossener Stimme hatte sie sein Todesurteil gefällt.

Thiago rieb sich das Kinn, schüttelte den Kopf, ungläubig, sorgenvoll.

„Anna, bitte! Ich weiß, dass ich nicht richtig gehandelt habe …."

„Nicht richtig?" Bitter wiederholte sie seine Worte, als ob sie sie nicht verstanden hätte.

„Es tut mir leid! Wirklich!"

„Mir auch. Wenn du wüsstest, wie leid es mir tut."

Trotzig gab er zurück: „Das, was eben passiert ist und was heute Nacht war, das tut mir nicht leid. Kein bisschen!"

„Du hast mir nicht die Wahrheit gesagt."

„Ja, ich weiß. Ich wollte es dir sagen, gleich beim ersten Mal, als du mich behandelt hast."

Anna wies ihn zurecht.

„Das stimmt nicht. Du hast es wissentlich verschwiegen, schon als du den Termin am Telefon ausgemacht hast."

Sie wurde lauter, lachte auf einmal verbittert.

„Hattest du überhaupt Kopfweh? Oder war das auch eine von deinen Lügen?"

„Anna, bitte!"

„Bitte was? Bitte bleibe weiterhin so gutgläubig und naiv? Damit du dich als Tröster fühlen kannst? Der die arme, liebesbedürftige Witwe wieder glücklich gemacht hat?"

Entschieden schüttelte sie ihren Kopf.

„Nein, Thiago. Ehrlich gesagt, glaube ich dir nichts mehr."

„Aber ..."

Sie ließ ihn nicht zu Wort kommen.

„Bitte geh jetzt."

Sie lehnte sich an den Türrahmen und verschränkte die Arme.

Langsam hob Thiago sein Hemd vom Boden auf und zog es an. Dann schlüpfte er in seine Slipper und ging an ihr vorbei Richtung Haustür. Während er sie öffnete, drehte er sich zu ihr um und fragte vorsichtig:

„Darf ich dich noch einmal sehen? Ich … ich würde so gern mehr über ihn erfahren.“

Anna zuckte mit den Achseln.

„Ich werde darüber nachdenken. Im Moment eher nicht.“

„Denk daran, dass ich in wenigen Tagen zurückfliege, dann hast du mich sowieso los.“

Es klang resigniert und traurig und vor allem nicht sehr erwachsen.

„Ruf mich morgen Nachmittag an. Wenn du Glück hast, sag′ ich dir, wann und wo. Wenn nicht, leg′ ich auf.“

„Anna …“ Er stöhnte.

„Ich werde schon nicht auflegen. Adieu.“

Und sie schloss die Tür hinter ihm und legte beide Hände auf ihr Gesicht, bedeckte Stirn, Augenlider, Wangen und lehnte sich mit dem Rücken gegen die Wand. Dann rutschte sie langsam an ihr herunter, bis sie auf dem Boden saß, ein Häufchen Elend, nicht himmelhoch jauchzend, nein, zu Tode betrübt.

Er

Einige Stunden fuhr Thiago ziellos in der Gegend herum. Es half ihm, nicht zu denken. Früher, als Jugendlicher, war er losgelaufen. Hauptsache weg, Hauptsache Distanz geschaffen zwischen der Mutter und ihm.

Sein Kopf fühlte sich leer an, dumpf, betäubt.

Er hatte Anna verloren. Und am schlimmsten war, dass er selbst schuld war. Die herrliche Landschaft hatte keinen tröstenden Effekt. Anstatt ihm Schönheit und Wärme zu vermitteln, erinnerte sie ihn an den Verlust von etwas, was er nie erleben würde. Wanderungen mit Anna durch die Provence, Strandspaziergänge, romantische Ausflüge nach Aix-en-Provence und Avignon.

Vielleicht sollte er seinen Flug vorverlegen. Er nickte bedrückt. Falls sie ihn nicht mehr wiedersehen wollte, wäre das die beste Entscheidung. Er würde direkt nachdem er Anna angerufen hätte, Joaquín Molina Sanfilippo verständigen und die Versammlung mit der Gewerkschaft vorverlegen lassen.

Als im Autoradio ein Lied aus dem Film „Amélie" erklang, das ihn an Anna erinnerte, brachte er den Wagen zum Stehen und fühlte, wie sich seine Augen mit Tränen füllten, die, ohne dass er etwas dagegen tun konnte, überflossen, seine Wangen hinunterliefen, eine nasse Straße aus Meerwasser.

Der Kloß im Hals löste sich langsam in immer lautere Schluchzer auf, die ihn an den kleinen Jungen erinnerten, der verletzt und einsam in ihm hauste. Den er die meiste Zeit vor der Außenwelt versteckt hatte. Der gedacht hatte, bei ihr ein neues Zuhause zu finden. Warum nicht da, wo auch der Vater glücklich geworden war?

Er legte den Kopf aufs Lenkrad, ließ den Kleinen schreien, weinen und toben, bis alle Not und Pein ausgeweint war.

Er war wieder erwachsen. Es war vorbei. Jetzt musste er sich darauf konzentrieren, ihr die wichtigen, die wirklich maßgeblichen Fragen über seinen Vater zu stellen.

Ob er es gewusst hatte? Ob er ihn vorsätzlich ignoriert hatte? Warum er nicht mehr Einsatz gebracht hatte, wieder nach Quito gereist war, um seine Mutter wiederzusehen? Wenn er sie wirklich so geliebt hätte ...

Dann hätte er das kleine Baby nicht verlassen, alles wäre anders, ganz anders gekommen. Nein, das durfte er Anna nicht fragen, unmöglich!

Aber doch, ob er ihm ähnlich war. Ob sie Fotos von ihm hatte, die sie ihm geben könnte? Ob es Freunde oder Verwandte gab, die vielleicht mehr über seine Zeit in Ecuador Bescheid wussten?

Was er gern gemacht hatte, was er glaubte. Worüber er sich aufgeregt hatte und was er hasste.

Allein dass beide Anna liebten, das wusste er. Aber das reichte ihm nicht.

Zurück im Hotel legte er sich aufs Bett und schaltete den Fernseher erst spät in der Nacht wieder aus. Fußball, Formel 1, Tennisturniere. Und zwischendurch zappte er sich durch allen möglichen Schrott. Hauptsache, sein Gehirn wurde berieselt.

Noch fünf Tage.

Sie

Anna hatte nicht geweint. Alle Tränen waren verbraucht. Ausgegeben. Kein Habenposten mehr. Null.

Außerdem war er es nicht wert. Natürlich nicht. Ein eingebildeter Schönling auf der Suche nach seinem biologischen Vater, der sich nicht davor scheute, über Leichen zu gehen.

Sie schüttelte den Kopf. Immerhin war er Bernhards Sohn, konnte nicht nur alle schlechten Eigenschaften seiner Mutter geerbt haben. Wenn er es war. Wenn es tatsächlich stimmte. Sie hätte ja auch um einen Beweis bitten können.

Das war das Erste, was sie fragen würde. Nicht nur er brauchte Antworten.

Sie ärgerte sich so sehr über sich selbst, dass sie Lust hatte, sich wehzutun. Schlug ihren Kopf dreimal feste gegen die Wand. Das hätte sie vorher machen sollen, um rechtzeitig aus der Betörung aufzuwachen. Wie zu erwarten, war dieser Schmerz lächerlich gering im Vergleich zu der Qual, die durch die klaffende Wunde im Herzen verursacht worden war, und überdeckte diese nicht mal ansatzweise.

Wie konnte sie nur! Natürlich hatte sie Nachholbedarf, logischerweise vermisste sie nicht nur Bernhards Zärtlichkeiten, sondern auch die körperliche Nähe – und das Gefühl, sich begehrt zu wissen. Trotzdem war das keine Entschuldigung, sich wie eine Siebzehnjährige vom Ersten, der sie mit schönen Worten umgarnte und mit brennenden Augen entzündete, verzaubern zu lassen. Sie war sechsundvierzig, verdammt noch mal!

Wo bekam man neue Tränen? Zu gerne hätte sie sich den Schmerz von der Seele und in den betäubenden, wohlgesonnenen Schlaf geweint. Aber es ging nicht. Es tat unglaublich weh, die wiedergefundene Lust, das Verschmelzen mit dem Geliebten aufgeben zu müssen. Beim Gedanken an Thiagos Küsse spürte sie, wie ihr das Blut in den Kopf stieg. Sie schämte sich vor sich selbst. Wieso Geliebter? Sie liebte Bernhard. Basta. Das andere war eine Schimäre, eine Illusion. Sie kannte ihn doch überhaupt nicht, mochte ihn nicht einmal besonders gern.

Alles was ihr wichtig und lieb war, hatte sie für ihn, für den Unbekannten, aufs Spiel gesetzt. Ihre Spielregeln außer Kraft. Seit wann war sie so leicht entflammbar? Wie gut musste sie jemanden kennen, um ihn so nah an sich heranzulassen? Bernhard hatte sich einige Monate ins Zeug legen müssen, bevor sie endlich bereit war, mit ihm zu schlafen. Gut, das war Jahre her, zugegeben. Und noch vor kurzem hatte sie Leti gerügt, weil diese auf einer dreitägigen Exkursion in die Camargue die Nächte mit einem der Gruppenleiter verbracht hatte, den sie kaum gekannt und danach nie wieder gesehen hatte.

Sie schüttelte entsetzt den Kopf. Erinnerte sich daran, dass sie ihrer Freundin erklärt hatte, sie dürfe auf keinen Fall so schnell mit jemandem zusammen sein, das würde nie etwas Richtiges, Dauerhaftes werden.

Ja, damit hatte sie zweifellos recht gehabt.

Sie saß immer noch auf dem Boden, wusste nicht mehr, was richtig und falsch war, wusste nur noch, dass sie ihn vermisste. Begehrte. Hasste.

Und liebte.

So wahnsinnig das auch war.

Er

Thiago war erst gegen drei Uhr morgens eingeschlafen und wachte dementsprechend am späten Montagmorgen gegen 11:30 Uhr von seinem eigenen, lauten Luftholen auf. Schlafapnoe.

Er hatte einen Albtraum gehabt, hatte seine Mutter verfolgt, die vor ihm davonrannte und sich nicht ein einziges Mal nach ihm umgedreht hatte. Und er war nicht schnell genug, der Abstand wurde zusehends größer und irgendwann konnte er nicht mehr. Blieb stehen und war auf einmal allein. Um ihn eine trostlose graue Wüste, ein Meer aus Sand, keine Pflanze, kein einziges Tier. Er japste und fühlte, wie seine Füße immer weiter einsanken, schnappte nach Luft …

Gerädert angelte er nach seiner Armbanduhr auf dem Nachttisch und stellte resigniert fest, dass es fast Mittag war, zu spät fürs Frühstück.

Wann war Nachmittag? Anna hatte gesagt, er könnte am Nachmittag anrufen. Also genaugenommen alles nach zwölf Uhr, oder?

Er wollte sie nicht verärgern. Besser wartete er bis zwei Uhr. Drei Uhr. Vier Uhr?

Er kratzte sich am Kopf. Drei Uhr. Nicht zu früh und nicht zu spät. Um sie nicht vielleicht doch noch heute wiederzusehen.

Noch vor der Dusche checkte er seine Mails, beantwortete die dringenden und hörte seine Sprachbox ab. Juan, sein einziger und daher bester Freund, fragte, wann er wieder zurück in Quito sein würde. Er wollte ihm sein neues Auto zeigen und mit ihm dringend was trinken gehen, um über seine Tussie zu lästern (tatsächlich sagte er auf Spanisch: „mi gata“) die ihn herumkommandierte und kontrollierte und die er vor zwei Jahren geheiratet hatte. Was er zumindest vor Thiago zugab, bitterlich zu bereuen.

Er überlegte, was Juan wohl zu der Geschichte mit Anna sagen würde. Nein, er würde sie ihm nicht erzählen. Die Gefahr, dass er sich irgendwann verplappern könnte, war zu groß. Sicher würde er ihn wegen ihres Alters auslachen und noch mehr, weil sie seine Stiefmutter war. Vielleicht könnte er noch verstehen, dass er Lust auf sie hatte und das ausgelebt hatte. Nicht, dass er sie liebte. Juan könnte alles Mögliche nachvollziehen. Aber das, auf keinen Fall.

Er würde ihn später zurückrufen, es war zu früh am Morgen in Ecuador, um davon auszugehen, dass Juan schon wach war.

Endlich legte er das Handy neben den Computer auf den Nachttisch und ging duschen.

Nachdem er sich die Haare gewaschen und mit einem Schwall eiskalten Wassers die entspannende Dusche beendet hatte und nun richtig wach und klar war, legte er sich notdürftig abgetrocknet wieder aufs Bett und dachte an Anna. Er sehnte sich nach ihr. Schloss die Augen und sah ihre festen Brüste vor sich, roch an ihren Haaren und ihrem Hals, fuhr mit der Hand über ihr Rückgrat bis zu ihrem Po. Suchte verzweifelt mit seinen Fingerspitzen in Gedanken die verborgene Knospe, die sich unter seinen sanften Berührungen entfaltete, sich ihm öffnete, seine Finger mit ihrem Nektar beträufelte, ihm den Weg ins Paradies versprach.

„Anna."

Er seufzte. Es machte keinen Spaß mehr alleine.

Nicht, nachdem er erlebt hatte, wie es sein konnte. Neapel sehen und sterben.

Er wollte in Neapel leben. Nicht sterben. Noch lange nicht.

Egal wie, er musste sie umstimmen. Gestern noch hatte er aufgegeben, heute wollte er kämpfen. Er würde kein Nein mehr akzeptieren. Irgendwann würden sie für immer zusammen sein, egal ob in Ecuador oder in Frankreich. Oder in Deutschland. Heutzutage ließ sich alles machen - falls sie nicht mit ihm in Quito leben wollte, würde er seinen Wohnsitz dorthin legen, wo sie leben wollte. Über Internet die Geschäfte abwickeln und ab und zu eine Woche nach Ecuador fliegen. Hauptsache, sie waren zusammen. Er würde sie heiraten. Niemand wusste, dass er Bernhards Sohn war - und selbst wenn es herauskäme, könnte es ihnen egal sein. Sie waren niemandem Rechenschaft schuldig.

Auf einmal kam ihm zu Bewusstsein, dass er, falls er Annas Nachnamen annehmen würde, so heißen würde, wie es schon immer hätte sein sollen:

Thiago Winter.

Er grinste und fühlte sich stark und unbesiegbar.

Sie

Vor knapp zwei Stunden hatte sie Thiago rausgeschmissen. Hatte mühsam ihre zerstückelten Einzelteile wieder zusammengesetzt, nichts fühlte sich richtig an. Nach der Dusche versuchte sie zu schlafen - aber sobald sie die Augen schloss, sah sie Thiago. Thiagos Oberkörper, Thiagos Hände auf ihrem Bauch. Thiagos Augen, die sich in ihren versenkten. Ihre Augen hatten miteinander geschlafen, falls es sowas geben konnte. Es fühlte sich genauso an, er war mit seinem Blick in sie hineingeflossen, hineingefallen. Hatte sich in sie hineingeträumt.

Sie strich über ihre Brüste und stellte sich vor, es seien seine Hände. Warum war sie nur so verrückt?

Suchte in ihrer Erinnerung nach seinem Geruch. Der Bernhards beseitigt hatte, ausgelöscht. Entfernt.

Sie überlegte, ob sie mit ihm geschlafen hätte, falls sie es gewusst hätte. Nein.

Entschieden schüttelte sie den Kopf.

Es war nicht richtig, mit dem Stiefsohn zu .... zu .... zu ... den Himmel zu berühren. Zu explodieren. Zu verschmelzen. Einszuwerden.

Moralisch unter aller Kanone. UNMÖGLICH. Unvertretbar.

Dass er etwas jünger war, mochte noch angehen. Immerhin sah sie jünger aus, als sie tatsächlich war, und auch wenn neun Jahre nicht zwei oder drei waren, warum schließlich nicht? Ihm war es egal. Wer also maß sich an, darüber zu urteilen? Und weshalb hätten sie sich diesem Urteil zu unterwerfen?

Nein. Das war es nicht. Aber das Gefühl des Inzests war nicht von der Hand zu weisen. Natürlich war sie nicht seine richtige Mutter. Aber.

Sein biologischer Erzeuger, also genau der, nach welchem er suchte, über welchen er mehr erfahren wollte, mit einem Wort, sein Vater, selbst wenn dieser es war, ohne es zu wissen, und selbst wenn der jetzt keinen Einspruch mehr erheben konnte, weil er unwissend und tot auf dem Friedhof begraben lag, war ihr Mann.

Thiago hatte sie begattet, nun, wo der eigentliche Gatte nicht mehr war. Hatte die Stelle des Vaters eingenommen. Wissentlich. Wollte dieser sein. Wollte fühlen, was der gefühlt hatte, sie im Moment der Auflösung betrachtet wie der andere, das gleiche gesehen. Und ihre Hingabe vollständig, rücksichtslos angenommen.

Herbeigesehnt. Dadurch den Vater betrogen. Den toten Vater zum zweiten Mal getötet.

Wie sie es auch drehte und wendete, nichts war am richtigen Platz. Er hatte sie belogen. Das war Fakt. Aber wenn er ihr die Wahrheit gesagt hätte, von Anfang an, hätte sie nie im Leben mit ihm geschlafen. Insofern war es verständlich, aus seiner Sicht. Entschuldbar, vielleicht.

Außerdem hatte er nicht konkret die Unwahrheit gesagt, einfach nicht die ganze Wahrheit. Ach, jetzt nahm sie ihn auch noch in Schutz, wie eine Mutter ihr Kind!

Anna fühlte, wie ihr wieder schlecht wurde. Ihr Magen rebellierte.

Fürs Erste verschob sie das Nachdenken auf einen anderen Moment und suchte das geeignete homöopathische Medikament heraus. Nach dreimaligem Einnehmen müsste es besser werden.

Dann nahm sie ihr Buch zur Hand und tauchte in die andere Welt ab. Versuchte es zumindest. Nur ab und zu, wenn ein Kapitel zu Ende war und sie kurz wieder ihrer eigenen Realität bewusst wurde, musste sie den Impuls unterdrücken, Thiago anzurufen.

Irgendwann hielt sie es nicht mehr aus.

Griff zum Telefon und wählte.

„Leti? Kannst du kommen?“

Fünfte Begegnung

Bar le Nautique, Sanary, 18:30 Uhr - Montag

Thiago wartete seit einer halben Stunde auf Anna und wurde immer nervöser. Was am Anfang noch nach gelegentlichem Klavierspielen auf der Oberfläche des runden Bartisches aussah, hatte inzwischen nichts mehr Lustiges. Die rechte Hand hatte sich selbstständig gemacht und klopfte ungeduldig zerrissene Stakkatos auf das Metall, die begannen, sogar den Kellner zu nerven.

Thiago bemerkte nichts davon. Die steilen Falten zwischen seinen Augenbrauen gaben seinem Gesicht einen finsteren Ausdruck - auch der zweite Campari Orange, den er bestellt hatte, hatte nicht zu seiner Entspannung beigetragen.

Er hasste Unpünktlichkeit. Noch mehr bei sich als bei anderen, das stimmte, aber ebenso ungern war er zu untätigem Warten verdammt. Geduld und Gelassenheit waren Eigenschaften, die weder in seinem Wortschatz noch in seinem Lebensgefühl vorkamen.

Immer wieder schaute er auf seine Armbanduhr, eine extrem teure Tissot, die ihm außer der Zeit Temperatur, Höhe und Tiefe (ab und zu machte er Tauchausflüge), die Himmelsrichtungen und auch die Wetterlage anzeigte.

Als ob ihn das heute interessieren würde! Nur der Sekundenzeiger lief unerbittlich Runde um Runde. Und Anna - kam nicht.

Er hatte den Brief in die Innentasche seines Sakkos gesteckt - sie wollte Beweise, sollte sie sie haben. Immer wieder tastete er mit der rechten Hand nach ihm, unterbrach nur da das nervöse Geklimper. So langsam überstieg seine Wut die Sehnsucht nach ihr. Was bildete sie sich ein, ihn nun schon 40 Minuten warten zu lassen?

Sein Ohrläppchen begann, etwas weh zu tun. Anstatt zu zupfen und zu streicheln, zwickte er heute und grub den Nagel seines Zeigefingers ins weiche Fleisch, bis es sich warm und wund anfühlte. Nur in Phasen, in welchen es ihm richtig schlechtging, konnten die Eingeweihten an der Farbe seines linken Ohres ablesen, wie ärgerlich, wütend oder tief verletzt er war. Das Dumme war, dass sich sein Zorn dann nicht nur gegen den richtete, der ihn verdient hatte, sondern auch gegen sich selbst.

Gut. Er gab ihr noch genau eine Viertelstunde. Egal wie wichtig sie ihm war, er hatte noch nie eine Stunde auf eine Frau gewartet. 55 Minuten, keine Sekunde länger!

Da sah er sie die Straße überqueren, in einer dunkelblauen Stoffhose und einer weißen, einfachen Bluse und hübschen, dunkelblauen Ballerinas.

Er seufzte. Sie sah auch ungeschminkt und schlicht angezogen einfach bezaubernd aus. Elegant.

Mit einem angedeuteten Lächeln erwartete er sie, stand auf, als sie nur noch wenige Schritte von ihm entfernt war, und begrüßte sie mit einem leichten Kuss auf die Wange.

„Hallo Anna!"

„Hi."

Nachdem sie sich hingesetzt hatten und der Kellner Annas Bestellung, eine Orangina, entgegengenommen hatte, ergriff Thiago das Wort.

„Du hast mich ziemlich lang warten lassen."

„Hättest ja gehen können." Schnippisch und kurz und leider ohne die geringste Spur eines Lächelns.

„Wär′ ich fast."

„Von mir aus, dann geh doch!" Anna zuckte mit den Achseln.

Thiago schüttelte nachdenklich den Kopf.

„Bisschen wie zwei kleine Kinder, oder?"

„Du vielleicht. Ich könnte deine Mutter sein."

Thiago seufzte.

„Quatsch. Du kannst ja mit neun Jahren noch kein Kind kriegen, oder?"

Anna brauchte nicht lange zu überlegen, bevor sie ihm lapidar antwortete.

„Wenn dein Vater noch leben würde, wäre ich deine Stiefmutter."

Und nach einer kurzen Pause:

„Hier, ich hab′ dir was mitgebracht."

Mit diesen Worten zog sie ein Fotoalbum aus ihrer großen blauen Longchamps-Tasche.

„Am besten beschränken wir uns auf Bernhard, ja? Und lassen, was geschehen ist, beiseite."

Genau dazu hatte ihr Leti geraten. Nach der anfänglichen Begeisterung (Was? Du hast tatsächlich mit ihm geschlafen?) hatte sie zunächst versucht, Anna umzustimmen. (Was sollte so schlimm sein daran, dass er Bernhards Sohn ist? Das weiß doch sowieso niemand, und es kann Euch auch egal sein. Leb es aus, wenn du etwas für ihn empfindest, gib ihm eine Chance! Jaaa, ich weiß, dass er nicht ehrlich war. Aber versetz dich doch mal in seine Lage! Was hättest du gemacht an seiner Stelle? Außerdem weißt du genau, dass alles anders gewesen wäre, wenn du es vorher gewusst hättest. Also!)

Schlussendlich musste sie aber einsehen, dass Anna dickköpfig und stur nichts von ihren gutgemeinten Ratschlägen, die begonnene Liebesgeschichte zu genießen, hören oder wissen wollte, und sie begnügte sich damit, Anna Rückhalt in ihren eigenen Entscheidungen zu geben.

Zumindest konnte Leti sie davon überzeugen, sich mit Thiago zu treffen und ihm von seinem Vater zu erzählen.

Sie schob das dunkelgrüne Album über den

Tisch zu Thiago und er schlug es auf. Andächtig. Vorsichtig.

Auf der ersten Seite hielt ein lächelnder Bernhard Anna im Arm, hinter ihnen ein weiter See, Berge. Ordentlich waren unter dem Foto Ort und Datum vermerkt. Lugano, Juni 1984.

„Da warst du?“

„Fünfundzwanzig. Fast sechsundzwanzig. Und dein Vater beinahe so alt wie ich jetzt. Fünfundvierzig.“

„Ihr wart in Lugano auf Eurer …?

Anna ergänzte lakonisch „Hochzeitsreise. Ja.“

Er blätterte um.

Auf dem nächsten Foto lag Anna auf einem Liegestuhl am Strand.

Thiago verkniff sich das „siehst sehr schön aus“. Türkisfarbener Badeanzug, leider die Aufnahme aus relativ großer Entfernung.

Dann, endlich, auf der dritten Seite, das Gesicht des Vaters, groß. Bernhard mit Strohhut. Nachdenklich. Lugano, 1984.

Ab diesem Moment der Vater real, dieses Gesicht untrennbar mit dem Namen verbunden. Er strich liebevoll über das glatte Papier, weicher als Haut, aber leider viel kälter, und sah dann fragend vom Album auf, in Annas Augen.

„Findest du, ich sehe ihm ähnlich?“

Anna schüttelte den Kopf. „Nein. Eigentlich nicht.“

Thiago ließ sich nicht so leicht abbringen.

„Aber sieh mal, die Nase, ist die nicht vergleichbar? Und der Schnitt der Augen und die Kopfform?"

Kurzentschlossen bedeckte Thiago mit seiner Handfläche den Mund und das Kinn und jetzt, ja, mit etwas Fantasie sahen Stirn, Augen und Nase tatsächlich ziemlich ähnlich aus.

Anna zuckte mit den Achseln. Nickte dann, fast unmerklich. Gegen ihren eigenen Willen.

„Kann sein."

Sie seufzte.

Es wäre ihr lieber, es gäbe keine Gemeinsamkeit. Keine einzige.

„Die Hände. Die Form deiner Hände, deine Finger, die Nägel."

Er aber freute sich, betrachtete aufmerksam und wie zum ersten Mal die eigenen Hände.

Nahm dann entschlossen Annas Hand.

Sie entzog sich ihm, sofort.

„Lass das!"

Zerknirscht ließ er sie los und schlug die nächste Seite auf.

Wahrscheinlich hatten sie wieder jemanden gebeten, sie zu fotografieren. Auf dem Foto sitzen beide nebeneinander, Anna hat ihren Kopf an Bernhards Schulter gelehnt. Vertrauen. Geborgenheit.

„Ihr seht sehr glücklich aus."

Anna blieb stumm.

Der Übergang war krass. Hart.

Aber Thiago konnte nicht anders - vielleicht tat es ihm zu sehr weh oder er wollte genau das, dass es ihr weh tat, oder nein, er überlegte gar nicht, dachte nur an sich und nicht daran, was er in ihr anrichtete.

„Ich habe kein Foto von meinen Eltern zusammen. Hat er dir jemals von meiner Mutter erzählt?"

Gleichzeitig mit der Frage zog er den Brief aus der Innentasche des Sakkos.

„Du verstehst ja genügend Spanisch, nehme ich an. Vor dir hat er anscheinend sie geliebt."

Eine Feststellung, die seine Existenz als Sohn bestätigte. Die ihm als Menschen erst die Daseinsberechtigung gab.

Anna atmete hörbar schwer aus. Sie versuchte, Thiagos Sätze nicht persönlich zu nehmen.

Und während Thiago behutsam Seite um Seite des Fotoalbums in sich aufnahm, aufsaugte, speicherte, las Anna den Brief.

DEN Brief. Ohne welchen Thiago nie nach Frankreich gereist wäre.

Amada mía, 25 de septiembre 1966

Cómo estás? He intentado llamarte varias veces por teléfono pero nunca te encuentro. Te extraño cada día más. Me acuerdo de tus ojos bellos y profundos, de tu preciosa sonrisa que tanto me falta. Aquí en Bonn ya empezó a hacer frío, a pesar de que estamos en septiembre.

Te acostumbrarás a Alemania? Trato de ver mi país con ojos nuevos, con los tuyos y hay tantas cosas que no me gustan.

Pero no te voy a hablar de eso, yo espero que con mi amor te alcance.

Prometo hacerte feliz!

En esta carta te mando el ticket para tu viaje en avión, yo sé que falta mucho para el 20 de diciembre, pero me es imposible tomar vacaciones antes y cuando vengas quiero estar para ti nada más.

Pasaron recién veinticinco días desde que te tuve en mis brazos, se me hace una eternidad.

Pero tenemos que ser fuertes, tener paciencia y ya verás que el amor triunfa por sobre todas las cosas.

Algún día tu familia me aceptará y cuando nos vean felices y rodeados de nuestros hijos, sabrán que lo nuestro es para siempre.

Te amo!
Berni

Meine Geliebte, 25. September 1966

Wie geht es Dir? Ich habe unzählige Male versucht, Dich telefonisch zu erreichen, aber habe Dich nie angetroffen. Mit jedem Tag vermisse ich Dich mehr. Sehne mich nach Deinen wundervollen Augen, nach Deinem unvergleichlichen Lächeln, das mir so sehr fehlt.

Hier in Bonn ist es trotz der Jahreszeit schon empfindlich kalt. Ob Du Dich in Deutschland eingewöhnen und wohlfühlen wirst? Ich versuche, mein Land mit anderen, neuen Augen zu sehen, mit Deinen, und es gibt so vieles, was mir missfällt.

Aber es bringt nichts, das jetzt zu besprechen. Ich hoffe inständig, dass meine Liebe Dir genügen wird. Ich verspreche Dir, Dich glücklich zu machen.

Beiliegend findest Du das Ticket für Deinen Flug – ich weiß, dass es bis zum 20. Dezember noch unendlich weit ist, aber es ist mir unmöglich, vor diesem Datum Urlaub zu bekommen, und wenn Du kommst, möchte ich nur für Dich da sein.

Es ist erst 25 Tage her, dass ich Dich in meinen Armen hielt, eine Ewigkeit.

Aber wir müssen stark und geduldig sein - Du wirst sehen, dass Liebe alles vermag. Eines Tages wird Deine Familie mich akzeptieren, und wenn sie uns erst glücklich und von unseren Kindern umringt sehen, werden sie verstehen, dass unsere Liebe Bestand hat und für immer ist.

Ich liebe Dich!
Berni

Bernhard. Was er durchgemacht haben musste! Zwischen den Zeilen fühlte sie sein Herz schlagen, konnte ihm nicht böse sein. War im Gegenteil ein bisschen Thiagos Mutter dankbar, die ihn freigelassen hatte.

Was allerdings einem Schlag in den Magen gleich kam, war das „Berni".

Warum durfte die Frau in Ecuador Berni zu ihm sagen?

Jedes Mal, wenn sie ihn so nannte, aus Bequemlichkeit, vielleicht auch aus dem Wunsch heraus, sich von den anderen abzusetzen, für die er Bernhard war, ja, jedes Mal, wenn ihr das „Berni" rausrutschte, bat er sie, ihn nicht so zu nennen.

Und jetzt hatte er es selbst geschrieben, unter diesen Liebesbrief gesetzt.

Sie las den Brief dreimal, dann faltete sie ihn zusammen und gab ihn Thiago zurück.

„Nein, er hat nie viel von Quito erzählt. Zumindest nie von irgendeiner Frau."

Thiago riss die Augen weit auf. „Niemals? Er hat meine Mutter also vollständig vergessen?"

Anna fuhr sich mit der Hand durch die Haare.

„Weißt du, was ich glaube? Dass es das Gegenteil von dem bedeutet, was du denkst. Vielleicht hatte er es nie richtig überwunden und konnte deshalb nicht einmal darüber reden."

Genau so war es. Sie wusste es. Fühlte Mitleid mit Bernhard, mit Thiago, und auch mit sich selbst.

Es zuckte um ihre Mundwinkel.

„Ich durfte ihn nie Berni nennen."

Tatsächlich füllten sich ihre Augen mit Tränen.

Und jetzt war er es, der sie tröstete.

„Aber er hat nie wieder nach meiner Mutter gesucht. Und er hat dich geheiratet und sieht auf den Fotos sehr glücklich aus."

Dann lenkte er das Gespräch in andere Bahnen.

„Warum seid ihr eigentlich nach Sanary gekommen?"

Anna seufzte.

„Ja, warum? Dein Vater hat sehr viel gelesen und hatte seine zwei oder drei Lieblingsschriftsteller. Als er sehr jung war, hatte er davon geträumt, auch zu schreiben."

Thiago hob die Augenbrauen.

„Wirklich? Hast du noch irgendwelche Schriften von ihm?"

Anna schüttelte den Kopf.

„Leider nicht. Er hat irgendwann alle seine Hefte verbrannt. Nichts war seinen eigenen Ansprüchen gerecht. Das war, als wir noch in Bonn lebten, kurz vor dem Umzug nach Berlin 1991."

„Und Sanary?"

Richtig, sie hatte den Faden verloren.

„Wusstest du, dass während des Dritten Reiches

viele verfolgte Schriftsteller hier in Sanary im Exil gelebt haben?“

Thiago verneinte.

„Unter anderem auch Thomas Mann, aber auch Lion Feuchtwanger, Franz Werfel und viele andere mehr. Er liebte speziell diese beiden. Feuchtwanger und Thomas Mann. Ich glaube, je älter er wurde, desto mehr kam er wieder auf seinen eigentlichen Weg zurück. Irgendwo hat er gehofft, dass er, so weit weg von den Verpflichtungen des öffentlichen Lebens und endlich mehr bei sich selbst, vielleicht doch die Inspiration zu seinem Meisterwerk fände. Wo, wenn nicht hier, wo Aldous Huxley seine *Schöne neue Welt* geschrieben hatte und wo der Geist der Dichter immer noch durch die Cafés und Bistros dieses kleinen, malerischen Fischerdorfs wehte.“

Sie sah ihn direkt an.

„Hier, im Nautique, saßen sie alle zusammen, debattierten über die schlimmen Zustände in Deutschland und versuchten, sich ihre Angst nicht anmerken zu lassen und weiterhin schöpferisch tätig zu bleiben. Schufen sich ihre persönliche kleine Enklave, organisierten Lesungen und waren Zuflucht für viele andere, die folgen sollten. Maler, Bildhauer, Dichter.“

Thiago hörte aufmerksam zu.

„Dein Vater war fasziniert von dieser Zeit, von dem Bewusstsein, im selben Café seinen Pastis zu trinken, die gleiche Aussicht aufs Mittelmeer zu genießen. Die Begeisterung seiner Vorbilder für die herb-trockene provenzalische Berglandschaft nachzuempfinden. Den Himmel zu sehen, den die Dichter beschrieben, den Duft der Oleander …

Auf dem kleinen Weg hinter dem Hafen rechts den Hügel hinauf bis zur Kapelle zu steigen, unzählige Treppenstufen, und dann bis zum Turmhaus, in dem die Werfels gewohnt haben."

Thiago hing an Annas Lippen.

Das Gespräch hatte eine unerwartete Wendung genommen. Er war ihr unsäglich dankbar dafür, ihn in Bernhards Gefühlswelt eingelassen zu haben.

„Danke Anna, dass du mir das alles erzählst. Mein Vater wird endlich vom Phantombild zu einem realen Menschen, mit Schwächen und Stärken. Mit einem Traum. Und du bist sicher, dass er nicht doch etwas geschrieben hat?"

Sehnsüchtig wartete er auf ihre Antwort.

Anna schluckte.

Sie hatte Bernhard versprechen müssen, seinen angefangenen Roman niemandem zu zeigen. Er hatte mehrmals erwähnt, wie sehr er die Veröffentlichung der Werke mancher Schriftsteller posthum durch die Freunde oder Familie verachtete. Das käme einem groben Vertrauensbruch gleich - der Autor müsse in jedem Fall mit der Publikation einverstanden sein, nach entsprechender Korrektur und Absegnung aller Änderungen, die nur von ihm allein vorgenommen werden mussten.

Andererseits ging es nicht um die Veröffentlichung. Es ging um seinen Sohn.

Kaum spürbar nickte sie.

„Er hat geschrieben. Aber niemand durfte davon wissen, verstehst Du? Er wollte es erst seinen Freunden zeigen, wenn alles absolut hieb- und stichfest korrigiert und perfekt wäre. Und dann wollte er den Roman veröffentlichen - sein Vermächtnis, das Einzige, was ihn definitiv überleben sollte."

Thiagos Augen leuchteten.

„Er wusste also nichts von mir. Jetzt ist es sicher. Darum hat er auch nie ein Lebenszeichen von sich gegeben und sich nicht um mich gekümmert."

„Das hätte ich dir eigentlich schon gleich sagen können. Er wusste mit absoluter Sicherheit nichts von dir. Bernhard war zwar in manchen Dingen schwierig, aber er hätte sich nie, nie davon abhalten lassen, dich zu sehen und zu unterstützen."

Thiago seufzte.

„Ich wusste es intuitiv schon immer. Meine Mutter hat ihm keine Chance gegeben, mein Vater zu sein. Sie ... sie ..."

Ihm fehlten die Worte. Er fühlte den Betrug und den Verrat, den sie an ihm begangen hatte. An ihm ebenso wie an Bernhard. Sie hatte Glück, dass sie nicht mehr lebte. Er könnte sie erwürgen.

Anna spürte, was in ihm vorging.

„Thiago, lass es gut sein. Du kannst nicht wissen, was sie zu ihrem Entschluss geführt hat. Wir haben manchmal nur so wenig Einblick in das, was in unseren Mitmenschen tatsächlich vorgeht. Vielleicht hat sie unsagbar gelitten ..."

Thiago runzelte die Stirn. Er sah so verzweifelt aus, dass sie ihn am liebsten in die Arme genommen hätte. Aber das ging nicht.

„Ich werde ihr nie verzeihen."

Anna hob die Augenbrauen.

„Also, was ich aus dem Brief herausfiltere, ist, dass die Familie deiner Mutter wohl gegen ihre Beziehung war - vielleicht hätten sie ihr niemals erlaubt, diesen Traum tatsächlich auszuleben. Hätten sie niemals alleine nach Deutschland fliegen lassen. Überleg doch, damals war die Welt noch so viel größer, die Entfernungen unüberwindlich."

Thiago schluckte.

„Du kennst meine Mutter schlecht. Sie hat immer gemacht, was sie will. Wenn sie ihm eine Chance gegeben hätte, wäre sie nach Deutschland übergesiedelt, egal was meine Großeltern gesagt hätten."

„Dann war sie vielleicht einfach zu vernünftig, zu rational. Wusste von vornherein, dass es unmöglich war, diese beiden Welten in Einklang zu bringen."

Es war offensichtlich, dass er sich nicht überzeugen ließ. Überzeugen lassen wollte.

Anna gab auf. Sie verstand sowieso nicht, wieso sie eigentlich seine Mutter verteidigte.

„Weißt du, es ist auch egal. Wir werden beide nie erfahren, wie es in ihr oder in Bernhard aussah. Was sie durchlitten. Welche Entbehrungen sie ertragen mussten. Sie sind beide tot."

Thiago sah auf, direkt in Annas Augen.

„Und wir leben."

Anna nickte.

„Aber das gibt uns nicht das Recht, ihr Leben zu verurteilen. Und noch weniger, ihr Erbe mit Füßen zu treten."

Bitter lachte Thiago auf.

„Welches Erbe? Siehst du nicht, dass wir beide letztlich Opfer der Umstände sind, die sie geschaffen haben?"

Anna schüttelte entschieden den Kopf.

„Nein. Als Opfer empfinde ich mich keinesfalls. Ich verstehe, dass du mit deiner Mutter haderst. Dass du auf der Suche nach deinem Vater und deinen Wurzeln bist. Aber all das hat nichts mit mir zu tun. Glaub mir. Ich bin nur ein zufälliger Fund auf deinem Weg. So was ähnliches wie ein unerwünschter Nebeneffekt bei einem Medikament." Anna lächelte traurig.

Thiago hob die Achseln.

„Du bist im Moment das Einzige, was mir bleibt.

Und dummerweise willst genau du mich aus deinem Leben verbannen."

Anna schloss kurz die Augen und fuhr sich mit der Hand durch die Haare.

„Das stimmt nicht, und du weißt es genau! Nächste Woche bist du wieder in deinem Alltag in Quito und hast mich vergessen."

Ernst sah er sie an. Hatte Lust, sie in die Arme zu schließen und nie wieder loszulassen.

„Anna. Ich liebe dich. Ich weiß nicht, was ich tun müsste, damit du mir glaubst."

Anna senkte den Kopf. Thiagos Blicke hatten bewirkt, dass ihre Körpertemperatur um mindestens zehn Grad gestiegen war, wenn das gehen würde. Auf alle Fälle fühlte es sich an wie Fieber. Seit Samstagnacht hatte ihr innerer Monolog mit Bernhard ein abruptes Ende gefunden. Sie sprach nur noch mit sich selbst und fragte sich in diesem Moment, was sie antworten sollte. Was tun?

Sie blieb stumm.

Ihr ganzes Leben stand unter dem Zeichen der Vernunft. Sie hatte niemals etwas Unüberlegtes getan - jeder Schritt, jede Bewegung war gut durchdacht und war genau das, was sie niemals bereuen würde. Mit achtzehn hatte sie eine Phase, in der sie fast unter die Räder gekommen wäre. Seither, besser gesagt, nach diesen dunklen Wochen und Monaten, hatte sie als oberste Maxime für sich selbst festgelegt, dass sie alles, alles, was sie tat, im Falle einer Wiederholung wieder genau gleich machen würde. Ein hoher Anspruch an sich selbst. Nichts jemals zu bereuen. Immer sagen zu dürfen: Falls ich wieder in dieser oder jener Situation wäre, würde ich hundertprozentig genau gleich handeln.

Das Verrückteste in ihrem Leben war Bernhard gewesen. Aber nachdem sie verstanden hatte, dass seine Liebe unerschütterlich war und er trotz der zwanzig Jahre, die er ihr voraushatte, nicht auf der Suche nach einer schnellen Eroberung war, sondern es ernstmeinte, hatte sie ihren anfänglichen Widerstand aufgegeben. Und sich schließlich in einer vollständig glücklichen Ehe wiedergefunden, die ihr alles gab, was sie sich ersehnt hatte.

Nein. Nicht alles.

Aber das war nicht Bernhards Schuld, sondern Schicksal.

Das Verrückteste in ihrem Leben war nicht mehr Bernhard.

Wohin führte ihr Weg, wenn sie hier an der Gabelung die falsche Richtung einschlagen würde?

Anna hob den Kopf und sah Thiago direkt in die Augen.

„Du kennst mich doch gar nicht. Hast dich in eine verrückte Idee verrannt, die weder Sinn macht, noch Bestand haben wird.“

Thiago öffnete den Mund, aber ehe er ihr widersprechen konnte, schnitt sie ihm das Wort ab.

„Aber …"

„Nichts aber. Irgendwann wirst du einsehen, dass ich recht habe. Spätestens in ein paar Wochen, wenn du dich wieder in deinem normalen Leben in Ecuador eingefunden hast."

Thiago holte tief Luft und seufzte.

Schüttelte dann seinen Kopf und hob die Achseln.

„Du gibst mir nicht mal die kleinste Chance, dir zu beweisen, dass es mir vollkommen ernst ist. Dass du dich irrst. Wie kann man nur so dickköpfig sein!"

„Siehst du, das ist eine meiner Eigenschaften, die dir vollkommen fremd sind. Ebenso wie viele andere. Genau, weil du mich eben nicht kennst."

Thiago blieb hartnäckig.

„Ok, ich kenne dich nicht. Von mir aus. Dann gib mir die Möglichkeit, dich richtig kennenzulernen. Überlege doch, Anna! Wir sind frei, vollkommen frei. Wir können tun und lassen, was wir wollen, sind absolut niemandem Rechenschaft schuldig. Was zum Teufel spricht dagegen, unsere Beziehung langsam aufzubauen, zu sehen, wohin sie sich entwickelt? Ich hab' es dir schon mal gesagt, ich könnte in sechs Wochen wieder hier sein. Zwei Wochen mit dir verbringen. In der Zwischenzeit werde ich dir schreiben.

Und auf Briefe von dir warten. Mails. Wir könnten uns alle zwei Monate sehen. Sobald du magst, kannst du mich in Ecuador besuchen, damit du weißt, wo und wie ich lebe, und dir vorstellen kannst, was ich sehe, während ich mich nach dir sehne. Anna. Bitte. Mit der Zeit würden wir entscheiden, wo wir leben wollten. Wir werden heiraten."

Anna lachte auf. Ein bitteres Lächeln, das ihren Mund schief verzog.

„Du weißt, dass du ein ziemlicher Kindskopf bist, oder? Du planst und handelst, wie du Lust hast. Ohne mich überhaupt zu fragen. Es ist dir vollkommen egal, was ich möchte. Was meine Zukunftsplanung angeht."

Er erstarrte.

„Zukunftsplanung? Anna, du willst ernsthaft deine Tage zwischen den Fußmassagen und dem Friedhof zubringen? Bescheidest dich mit den Erinnerungen an ein Leben, das definitiv vorbei ist? Willst alleine alt und grau und bitter darauf warten, neben ihm begraben zu werden?"

Anna zog hörbar scharf die Luft ein. Er war unverschämt. Hatte in zwei Sätzen ihre Zukunft zermalmt und ihre Gegenwart in sinnlos verwandelt.

„Was fällt dir eigentlich ein? Du hast nicht die geringste Ahnung von meinem Leben. Was glaubst du? Dass du das Beste bist, was mir passieren konnte? Dass mein Glück davon abhängt, von dir begehrt zu werden? Es gibt Dinge, mit denen ich abgeschlossen habe. Ich beklage mich nicht. Natürlich habe ich Bernhards Tod nicht überwunden und bin immer noch sehr traurig. Aber das heißt nicht, dass in meinem Herzen Platz wäre für einen anderen Mann. Auch nicht für dich!"

Es war egal, dass es nicht stimmte. Hauptsache, er glaubte es.

„Anna!" Er stöhnte.

„Warum bist du nur so grausam?"

Anna schüttelte den Kopf.

„Grausam? Grausam warst du, du hast meine Schwäche ausgenutzt, meine Leichtgläubigkeit. Du hast mich glauben lassen, du hättest mich um meiner selbst Willen geliebt. Und in Wirklichkeit - in Wirklichkeit hast du mich nur benutzt, um deinem Vater näher zu sein. Nein, du hast dich an ihm gerächt, hast mich dazu gebracht, ihn zu betrügen. Du wolltest an seiner Stelle sein. Du ..."

Ihr versagte die Stimme.

Die Worte blieben ungesagt in ihrem Gehirn hängen. „Du hast ihn erst richtig getötet. Seine Stimme zum Verstummen gebracht. Ich höre ihn nicht mehr. Ich erinnere mich nicht mehr an seine Küsse, seine Liebkosungen, du hast ihn ausgelöscht."

Es war besser, dass Thiago nicht wusste, wie chaotisch es in ihrem Kopf aussah.

Bisher war sie in ihrer Traurigkeit doch weiterhin mit Bernhard verbunden gewesen. Sie hatte ihn nicht loslassen können, hatte weiter mit ihm gelebt.

Nun fühlte sich das Alleinsein anders an. Er war für immer verschwunden. Und sie jetzt, nach drei Jahren, nicht mehr Anna Martínez de Winter, Bernhards Witwe.

Nein, nur noch Anna.

Thiago fühlte, wie sich seine Augen mit Tränen füllten. Er konnte nichts dagegen tun, so sehr er gerade vor ihr abgeklärt und besonnen wirken wollte.

Er wollte kein Nein akzeptieren. In fast allen Fällen hatte er in seinem Leben noch immer erreicht, was er sich vorgenommen hatte. Nur mit seiner Mutter hatte das selten funktioniert. Nur bei den Diskussionen mit ihr hatte er sich fast immer die Zähne ausgebissen. Sollte Anna doch mehr mit María Concepción gemeinsam haben, als er vermutet hatte? Lag darin, in dieser Willensstärke, die Anziehungskraft, die beide auf Bernhard ausgeübt hatten?

Er versuchte es ein letztes Mal.

„Anna, ich fliege am Freitag. Ich weiß ehrlich gesagt nicht, wie ich dich dazu bringen könnte, mir zu glauben. Wie wichtig du mir bist. Wieviel du mir bedeutest. Ich habe meinen Vater gesucht, das ist richtig. Aber auf der Suche nach ihm habe ich dich gefunden - und sogar, wenn ich wählen dürfte, ihn lebendig kennenzulernen und dafür dich nicht lieben zu dürfen, hätte ich dich gewählt. Das ist meine Wahrheit, so unerwartet und unvorhergesehen das auch sein mag. Ich weiß, dass ich impulsiv bin und dass das auf dich nicht sehr vertrauenswürdig wirkt. Dass du befürchtest, meine Gefühle würden sich genauso schnell ändern, wie sie entstanden sind."

Er schüttelte den Kopf und wischte sich mit seinem Taschentuch die Augen trocken.

„Ich verstehe, dass du an mir zweifelst. Und ich habe keine andere Möglichkeit, dir zu beweisen, dass ich dich liebe, als die, dich um eine Chance zu bitten. Um Vertrauen und um Zeit, uns besser kennenzulernen."

Anna hob die Achseln.

Sie sah nicht sehr überzeugt aus, aber auch nicht mehr so ablehnend düster wie kurz zuvor.

„Ich weiß nicht ..."

Ein halbes Nein war ein halbes Ja.

Thiago spürte wieder festen Boden unter den Füßen.

„Lass uns einfach ohne Erwartungen unsere Freundschaft vertiefen. Was meinst du? Wir haben noch drei Tage. Du könntest mir deine Lieblingsplätze zeigen. Le Castellet, Le Gros Cerveau, Port d'Alon ... Auch den Park über dem Meer, zwischen Portissol und der Halbinsel von dem du mir erzählt hast ... Ich verspreche dir, mich gut zu benehmen und dir nicht zu nahe zu kommen." Er grinste.

Anna sah ihm kurz direkt in die Augen.

Dann presste sie die Lippen zusammen und seufzte.

„Ich glaube nicht, dass das gut wäre."

Sie schluckte und schnitt ihm das Wort ab, denn Thiago hatte schon Luft geholt, um sie mit seinen nächsten Sätzen zu überzeugen.

„Nein, Thiago. Es geht nicht."

Und nach einer kurzen Pause: „Wenn du möchtest, kannst du morgen früh das angefangene Skript deines Vaters bei mir abholen. Allerdings möchte ich es wieder zurück, bevor du abfliegst. du hast zwei Tage Zeit, es zu lesen."

„Aber hier", und mit diesen Worten entnahm sie die Großaufnahme von Bernhard aus der Halterung im Fotoalbum, „das kannst du haben."

Thiago strich vorsichtig mit den Fingerspitzen über das Gesicht seines Vaters und steckte das Foto in seine Brieftasche.

„Danke."

Sie verzog leicht die Mundwinkel und nickte.

„Ich werde sehen, ob ich bis morgen noch ein paar andere Fotos von ihm finde.

Es wäre am besten, wenn du zwischen zehn und elf Uhr vorbeikämst, da bin ich sicher zu Hause."

Mit diesen Worten erhob sie sich und gab Thiago die Hand.

„Vielen Dank für die Orangina".

Er hätte sie zu gern umarmt, ihren Geruch noch einmal in sich aufgenommen - aber sie war zu schnell. Und das gedachte „verflucht" sprach er erst aus, als Anna längst die Straße überquert hatte - Anna, die sich wie in einem Film fühlte, in dem die Heldin wider besseren Wissens mit dem Allerliebsten bricht. Wer weiß, warum sie nicht anders handeln konnte.

Und so lief sie mit zittrigen Beinen Richtung Parkplatz davon und schaute nicht mehr zurück.

Er

Die Maschine hatte längst abgehoben, das Anschnallzeichen war erloschen und in Kürze würde das Essen ausgeteilt werden. Thiago wischte sich über die Augen und gähnte. Die letzten Nächte hatte er ziemlich wenig geschlafen.

Nicht nur, dass er sich durch die 498 Seiten des unvollendeten Romans seines Vaters durchgekämpft hatte, damit er heute, Freitagmorgen, kurz vor der Abfahrt nach Paris, das Manuskript wieder bei Anna abgeben konnte.

Auch in den Stunden nach der Lektüre fiel es ihm schwer, zu entspannen und an Dinge zu denken, die nichts mit Bernhard Winter oder mit Anna Martínez zu tun hatten. Vor allem mit ihr. Denn sobald er die Augen schloss, sah er ihr Gesicht vor sich, zum Greifen nah, zum Berühren, Liebkosen, Streicheln.

Natürlich war es nur eine Frage der Zeit. Irgendwann würde er sie vergessen haben. Wie alle anderen vor ihr. Im besten Fall war es ein Jahr - keine seiner Beziehungen hatte länger gehalten und er verstand selbst nicht, wieso er gedacht hatte, mit ihr wäre es anders. Das Leben ging weiter. Er hatte mehr über seinen Vater erfahren, als er erhofft hatte. Und wer weiß, vielleicht wäre das Treffen mit einem realen

Bernhard ein absoluter Reinfall gewesen. Es war unmöglich, Dinge aufzuholen, die unwiderruflich niemals stattgefunden hatten. Fußballspiele im Garten mit dem Vater, Erinnerungen an gemeinsame Ausflüge, Gutenachtgeschichten. Gedanken an den Moment, als der Vater ihn beim ersten Fahrradunfall getröstet und an den anderen, als Thiago sich den Arm gebrochen und ihn der Vater ins Krankenhaus gebracht hatte - alles nie geschehen.

Weder die Freude, Thiago aus der Schule nach Hause kommen zu sehen, noch der Stolz über sein Abitur. Weder die Schachspiele noch Gespräche über Bernhards eigene Kindheit und Jugend, auch nicht über alle Dinge, die wichtig waren im Leben. Metallene Buchstaben auf einem Stein. Und 498 Seiten, die unzweifelhaft interessant und literarisch wertvoll verfasst waren. Doch auch in dem Skript kein Hinweis, keine unerfüllte Sehnsucht nach dem Sohn. Inexistent.

Thiago nickte vor sich hin. Die ältere Dame mit dem grauen Dutt neben ihm sah ihn etwas befremdlich an. Er führte sein Selbstgespräch lautlos weiter, presste die Lippen fester aufeinander und fühlte, wie sich seine Stirn anspannte und in Falten legte. Und nickte weiter.

Er wusste mehr als genug und dennoch viel zu wenig. Es war ein einseitiges und steriles Wissen, ohne einen Funken Wärme.

Ohne Liebe. Er war das Zufallsprodukt einer verrückten Liebesgeschichte, die ebenso wie alles andere im Leben bereits bei ihrem Aufblühen das Ende in sich trug. Alles war genauso fragwürdig und sinnlos wie seit dem Anfang der Menschheitsgeschichte.

Illusion. Nicht mehr und nicht weniger. Hormone, die verrückt spielten und ewiges Glück vorgaukelten. Es gab kein ewiges Glück. Vielleicht allerhöchstens ewiges Unglück. Nein, nicht einmal das war unendlich. Nur eine Frage der Zeit. Der Kontrolle über die Abläufe im Gehirn, der Geduld und Pragmatik, die er zweifellos noch nicht erlernt hatte und noch weniger beherrschte.

Er würde auch diese Episode überleben. Nichts mehr erwarten, nichts erhoffen.

Jeden Tag und jedes Jahr ein wenig abgeklärter und reifer werden. Seine Gefühle besser im Griff haben.

Genau das. Seine Firma brauchte ihn. Er musste sich um die Entwicklung der neuen Produktserie kümmern, würde sobald als möglich die Verhandlungen mit den Vertretern der Gewerkschaft aufnehmen. Dafür benötigte er seine Kraft.

Auf einmal fühlte er sich seiner Mutter sehr nahe. Sie hatte sich gegen ihre Träume für die Realität entschieden und wusste genau, dass jeder andere Weg in eine Sackgasse führen musste.

Es war der einzig richtige Weg.

Er schloss die Augen und seufzte.

Alles, wovon er sich selbst überzeugen wollte, all das, was er sich so schön zurechtgebastelt hatte, um nicht mehr zu leiden, war eine billige Lüge.

Es war so falsch wie Annas Entschluss, falsch wie die Worte aus ihrem Mund. Was richtig war, war einzig und allein in ihren Augen erkennbar. Richtig war auch, dass er litt, wie nie zuvor in seinem Leben. Dass er sich nicht vorstellen konnte, jemals wieder glücklich zu sein.

Er fühlte sich unendlich müde und unendlich alt.

Es war zu spät.

Hatte er wirklich alles versucht?

Jeder Kilometer, den er sich von ihr entfernte, tat weh. Jeder Atemzug, der umsonst seine Lungen mit Sauerstoff füllte. Wozu das alles?

Anna.

Anna.

Anna.

Er schüttelte den Kopf. Es tat unbeschreiblich weh. Als ob ihm die Haut, die einzige Schutzschicht, die ihn vor der Außenwelt abgrenzte, abgezogen worden wäre, und er nun wund und verletzt überleben musste. Oder auch nicht.

Epilog

Anna seufzte. Sie starrte auf den Bildschirm des Computers und suchte in ihrem Kopf nach den richtigen Worten.

„Lieber Thiago“

Nein.

„Hi“.

Noch schlimmer! Klang viel zu unbeschwert und locker. Bei einem Glas Wein würde ihr sicher mehr einfallen. Zu dumm!

Sie strich sich den deutlich zu langen Pony aus der Stirn, legte ihren Kopf in die rechte Handfläche und schüttelte den Kopf. Ärgerte sich über sich selbst.

Vor acht Wochen war er abgeflogen. In den ersten paar Wochen schrieb sie ihm jeden Tag eine Mail, die sie vor dem Abschicken allerdings gewissenhaft löschte. Manchmal auch mehr als eine.

Danach hatte sie versucht, ihre Monologe wieder an Bernhard zu richten, anstatt an seinen Sohn.

Aber es ging nicht mehr.

Er war endgültig fort. Aufgefahren in den Himmel. Von dort wird er kommen, zu richten die Sünder.

War es eine Sünde, zu lieben? Zu begehren? Sich dem Fremden hinzugeben?

Und, wenn es ein Vergehen war, warum hatte es sich so angefühlt wie das Paradies?

Durch das Wohnzimmerfenster sah sie den Himmel. Die Sonne hatte sich hinter einer dichten Wolke versteckt. Nur am Übergang, an der dünnen Linie, die die Wolke vom tiefen Blau absetzte, war ein dünner Lichtstreifen zu erkennen.

In Gedanken fuhr sie die Linie mit den Augen nach, malte den Umriss der Wolke, zärtlich, hoffnungsvoll. Die Verheißung des Lichts. Wolkenrand.

„Sehr geehrter Thiago" - so ein Quatsch! Das war das Allerdümmste, was ihr einfallen konnte.

Also doch das, was sie mühsam unterdrückt hatte, was ihren Kopf erfüllte, nicht nur ihn, auch das Herz, nicht nur das, auch den Mund, und noch schlimmer, was zwischen ihren Atemzügen in ihr pulsierte.

„Liebster"

Sie schluckte.

Vielleicht vernichtete er die Mail, ohne sie zu lesen. Oder sie landete im Spamordner.

Dann war es auch egal, ob sie „Liebster“ gedacht oder getippt hatte.

Also doch:

Liebster Thiago,

so sehr ich Dir wünsche, dass Du Dich wieder in Ecuador eingelebt hast und wohlfühlst, so sehr fürchte ich es im selben Augenblick.

Es tut mir leid, dass ich nicht anders reagiert habe, als Du mir die Zukunft mit Dir ausgemalt hast. Ich bin kein Mensch, der Hals über Kopf so wichtige Entscheidungen fällen könnte. Es braucht immer ziemlich lange, bis ich bereit bin, Veränderungen zu akzeptieren.

Und ich hatte Angst. Du bist fast zehn Jahre jünger als ich, in einigen Jahren bist Du im besten Alter. Und ich eine alte Frau.

Lach Du nur, ich seh' Dich vor mir, wie Du grinst!

Ich habe Dir verziehen, dass Du mir die Wahrheit verschwiegen hast. Es macht die Dinge nicht gerade einfacher, dass Du Bernhards Sohn bist, aber auf der anderen Seite liebe ich an Dir Eure Gemeinsamkeiten.

Liebe ihn in Dir.

Und liebe doch auch das an Dir, was fremd und neu und anders ist.

Hier machte Anna eine kleine Pause und wischte einige Tränen trocken, die sich in ihren Augen gesammelt hatten.

Dann stand sie auf, ging in die Küche und machte sich eine heiße Schokolade.

Sie legte einige ihrer Lieblingskekse, dünne, lange, mit Himbeermarmelade gefüllte Wäffelchen auf einen Teller und nahm beides, die Tasse Schokolade und die Kekse, mit ins Wohnzimmer auf den Tisch.

Draußen wurde es langsam dunkel, die Tage waren kürzer geworden und empfindlich kühl.

In nur zehn Tagen war Weihnachten.

Sie überlegte kurz, wie das wohl nächstes Jahr sein würde, vollkommen anders als jemals zuvor, und dann schrieb sie weiter.

Ich bin seit einigen Monaten in ärztlicher Behandlung. Zunächst gab es einen Verdacht auf Krebs an einem der Eierstöcke. Gott sei Dank hat sich alles in Wohlgefallen aufgelöst - meine Beschwerden hatten ihre Ursache in der beginnenden Menopause, den Wechseljahren.

Gestern habe ich meinen Arzt aufgesucht, er hat mir die letzte Blutanalyse zurückgegeben und einen Ultraschall gemacht.

Ich erwarte ein Kind. Ein Kind von Dir, Thiago.

Egal, ob wir zusammenbleiben oder nicht, ich wollte, dass Du es weißt. Anders als Dein Vater, der nie die Chance hatte, einer zu sein.

Ich möchte, dass unser Kind weiß, wie sein Vater heißt, wie er aussieht, was er denkt und fühlt. Dass es von Dir und von mir geliebt wird.

Manchmal denke ich, Dein Vater hat alles so gerichtet, aber natürlich ist das nicht mehr als mein Wunsch.

Wie gefällt Dir der Name Santiago?
Und wenn es ein Mädchen ist, Leonie?
Oder Bernadette?

Ich umarme Dich und warte ungeduldig auf Deine Antwort

Anna

Und dann drückte sie auf Enter.